要塞都市アルカのキセキ

蒼月海里

角川文庫
22962

Contents

Miracle Of
Fortress City
"ARCA".

登場人物紹介

イラスト/六七質

ステラ

科学者。
研究のためなら
全てをなげうつ
研究オタク。

遊馬（ユマ）

普通の高校生男子。
父の遺した鉱石に
導かれ異世界へ。

レオン

革命組織
《アウローラ》の
カリスマ的リーダー。

星晶石（せいしょうせき）　謎の鉱石。巨大エネルギーの源。高次元に干渉し、あらゆる元素を取り込むことも放出することもできる。その塵は人体には有害。

要塞都市アルカ　星晶石を独占する資本家や管理者、研究者達がいる上層と、ホワイトカラーの中層、労働者達の下層に分かれた都市。結界というバリアにより、星晶石の塵から守られている。

PROLOGUE
レオン・ザ・ダブルファング

荒野にたたずむ都市の姿は、まさに要塞であった。

空から降り注いだ星の欠片が塵を巻き上げ、人々の頭上を暗雲で覆ってから久しくなる。大地は冷え、作物は枯れ、町が次々と衰退する中、人々は電力と食料を求めて寄り集まった。

電力を生み出し、文明を育む鉱石——《星晶石》のもとへ。

星晶石は地中深くに形成される鉱物で、人々はすり鉢状に大地を掘り進め、その周辺に鉱山街アルカが出来た。

大地があった位置には鋼鉄のプレートが張り巡らされ、発電施設が建造された。白亜の冷却塔がそびえる巨大なプラントで、地下から採掘される星晶石を直接汲み上げて製錬し、発電施設に投入して大量の電力を生み出すという仕組みだ。

それらを建設したのは、《グローリア》という会社であった。アルカ一帯を保有しており、その土地の実質的な支配者とも言われていた。

災厄から避難した人々は、そんな巨大プラントを中心に、家を建てて生活を営み始めた。そして、街の周りに自分達を守る強固な壁を築いたのだ。

富める者達は巨大プラントに寄り添うように鋼鉄のプレートの上に我が家を構え、敷地が足りなくなると、更なる足場を組み上げて天へと近づいていった。

一方、労働階級の人々は鋼鉄のプレートより下に追いやられた。そこに、更にもう一枚のプレートが建設され、街は三層に分かれた。

中層に位置する場所には、鉱山労働者以外の労働者達が住まわされ、厳格に管理されていた。

それに対して、鉱山労働者は下層と呼ばれる露天掘りの大地に住まうこととなった。

下層は社会からあぶれた者達の吹き溜まりとなり、都市の管理が行き届かずにスラム街のように荒れ果てて、ジャンクヤードと揶揄されるようになった。

そうやって出来た《要塞都市アルカ》は、積み上がったパンケーキのようだったと誰かが言った。

巨大プラントの冷却塔から絶えず吐き出される煙は、黒い空を白く染め上げて、都市上層の光を受けてぼんやりと輝いていた。

下層に住まう鉱山労働者達は、暗澹たる気持ちでそれを見上げる。

自分達は危険を冒して星晶石を採掘しているというのに、わずかな賃金と電力しか与えられない、と。

だが、それ以上に、都市の中心たる巨大プラントが彼らの気持ちを重くしていた。

大量の星晶石を抱える巨大プラントこそ、生命線でありながらも死神なのだ。多くの希望を生み出し、多くの希望を軽々と吹き飛ばしていったものだ。

一体、あとどれくらい、アレとともに生きなくてはいけないのだろうか。

あの死神は、いつ自分達に牙を剝くのだろうか。

自分達に、アレを止める術はない。主導権は全て、富める者が握っているのだから。

鉱山労働者達の脳裏にそんな不満が過ぎった時、中層のジェネレーター付近で何かが閃いた。

ベルトコンベアーとコンプレッサーの音に混じり、不可解な金属音が響き渡る。次いで、けたたましい警報が風に乗って聞こえてきた。

人々は悟る。

そこで、富める者に反旗を翻す者達が、死闘を繰り広げていることを。


「レジスタンスだ！」

警備兵が叫び、警報が鳴り響く。

中層の各地区に設置された白い塔は、ジェネレーターと呼ばれる小型の発電施設であった。プラントで製錬された星晶石の一部を利用しており、六つに分かれた中層の区画の一つ一つに設置されていた。

警報を聞きつけた警備兵は集まり、闖入者達を迎え撃たんと構える。

闖入者達は、武装らしい武装をしていなかった。マスクで顔を隠し、つるはしやシャベル、斧などを携えている。鉱山労働者の集団というのは明らかだった。

「革命組織《アウローラ》！　第弐号機ジェネレーターを貰い受けに来た！」

集団を引きつれた人物が、高らかに叫ぶ。労働者の中でも背が高くて声が通り、唯一、機関銃で武装をしていた。

だが、警備兵らは鼻で嗤った。

「労働者風情が！　お前達はさっさと地下の持ち場に戻って、《グローリア》のために星晶石をたんまり掘ればいいんだよ！」

「死の荒野に放り出されないのを感謝して欲しいもんだな！」

警備兵達は苛立ちながら、ブレードや銃を構える。間に合わせの武器などではない、対象を殺傷する目的で作られたものだ。

殺気に満ちた武器を目にした労働者達は、一瞬だけ怯んだ。

「捕えろーッ！」

逆に勢いづいた警備兵達が、労働者達を目掛けて銃口を向ける。

響き渡る発砲音。だがその時、流星が両者の間に降り注いだ。

「なっ……！」

労働者らに襲い掛かった凶弾は、透明な結晶の欠片となって煌めきながら地面に落ちる。

鋼鉄で出来た大地は燃えるように明るく輝き、街灯の光をかき消すほどに周囲を照らしていた。

「お前達がたんまり欲しがってた星晶石だ。たっぷり喰らいな」

低く唸る獅子のような声が響く。

警備兵達は、青ざめた顔で声の主を探した。

「レオン！」

労働者達を引きつれていた人物が、声の主を目敏く見つける。

白い塔を囲む塀の上に、男がたたずんでいた。

明るくなった周囲と相反する漆黒のロングコートをなびかせて、目覚めるほどの白いマフラーで口元を覆っている。風に煽られる漆黒の髪は、獅子の鬣のようにも見えた。

色眼鏡をかけたその男の両手には、警備兵のものよりずっと厳つい銃が携えられている。精密な機械が装甲のように銃身を覆い、タービンの音が低く唸っていた。

「まさか、《双牙のレオン》……！」

「あいつが持っている銃は、《魔法兵器》か!?」

警備兵達は息を呑む。「そういうことだ」とレオンと呼ばれた人物は言った。

「お前達が大好きな星晶石の弾を喰らいたくなければ、ジェネレーターを俺達に明け渡して貰おうか」

「ば、馬鹿を言うな！　そんなことをしたら、クビになっちまう！」

目を剝く警備兵に、レオンは片眉を吊り上げた。

「ここで退いて社会的に死ぬか、ここで退かずに物理的にぶっ殺されるかの二択だったら、後者は賢い選択とは言えないぜ？」

「社会的な死は、物理的な死と同じだ！　グローリアの所属でなくなれば、俺達は上層から排除される！　そしたら、中層にも俺達の居場所はない！」

「下層に住めばいいじゃねぇか。死の荒野に放り出されないだけマシだろ？」

レオンは、先ほどの警備兵の言い分を真似るようにして返す。だが、警備兵は吐き捨てるように言った。

「馬鹿か！　ジャンクヤードでゴミにまみれながら、薄汚い労働者や難民どもと暮らせるか！」

「そうかい」

頭に血を上らせた警備員らが銃口を向けるのと、労働者達が下がるのと、レオンが引き金を引くのは同時だった。

「悪いな。ちょいと、ミディアムになってもらうぜ」

レオンの銃が文字通り火を噴き、ジェネレーターの周辺は炎に包まれたのであった。

EPISODE 01
ユマ・イン・アナザーワールド

線香から立ち上る白煙が、伊吹遊馬にまとわりつく。

墓前に黙禱を捧げる母の背中は、一回り小さくなったように思えた。

「こんなにあっさり、お別れになるなんてね」

顔を上げた母は、ポツリと言った。

「お父さん、今度はちゃんと眠れるかな。ずっと、研究所で働き詰めだったから」

「……そうだね」

上手い言葉が見つからず、遊馬は短い相槌を打った。

眠れるか否かと問われれば、答えは否だ。何故なら、その墓の下に父は埋まっていないのだから。

「これからって時に、こんなことになるなんてね。新鉱物の中に革命的な元素を見つけたって、大喜びしてたのに」

いつも気丈な母は、すっかり肩を落としていた。それでも、息子である遊馬の前では弱気なところを見せまいとしているため、彼女は歪な苦笑を浮かべていた。

遊馬の父は、研究者だった。

温厚でいて博識で、皆から頼られる人物だった。それに加え、優秀だったので、研究室にこもりっきりになり、家にはほとんど帰って来なかった。

そんな父が、亡くなる数日前に連絡をして来たのだ。

革命的な元素を見つけたかもしれない、と。

その矢先に、研究所で事故が起こった。

「……父さんの遺体、見つからなかったって本当かな」

ぽつりと呟いた遊馬に、母はややあって、「そうね……」と言った。

「事故に巻き込まれた人達、ほとんどそんな状態だったって聞いたわ。辛うじて、つけていたものや使っていた備品が残っていたくらいで……」

「そんなにひどかったの？　ニュースサイトには何処にも書いていないけど」

スマホを弄る遊馬は、懐疑的な面持ちであった。

父が勤めていた研究所は、事故で吹き飛んだという。そんな大事故であれば、ニュースになってＳＮＳのトレンドワードに載るはずだ。

だが、ニュースでは一言も触れられなかった。父の研究所のホームページを覗こうとしたが、４０４エラーが表示されるだけだった。

「あの人は、極秘の研究をしていたのよ」

母は寂しげに呟いて、無理に笑ってみせた。

「大丈夫。世界があの人を忘れても、私達があの人を覚えていれば、あの人はちゃんといたことになるから。あなたがお父さんのことを思い出す時は、お父さんがあなたを見守っている時だからね」

母はそれっきり、無言になってしまった。

遊馬はそんな母に連れられて、空虚な墓を後にした。

空は白々しいほど晴れ渡っていて、青空のカンバスに飛行機雲が一筋流れているだけであった。

「いや、そんなことってある？」

電車の車窓を背に、友人の木崎(きざき)はうろんげな顔をしてみせた。

「信じられない……よな」

父親のことを話した遊馬は、予想通りの反応にため息を吐いた。

車内に他の乗客もいるが、スマホを弄っているか、イヤホンを耳に突っ込んでいるか、お喋(しゃべ)りに夢中になっている。出入り口付近で話している男子高校生二人を気にする人は、誰もいなかった。

木崎はそこそこ身長が高いが、遊馬は平均よりもやや低く、線も細い。成長期だからと母が大きめの制服を買ってくれたが、二年生になってもブレザーの袖(そで)が余っていた。

加えて、顔立ちはやや幼く、声もそこまで低くない。

長身と低い声に憧(あこが)れがある遊馬は、自分の姿にコンプレックスを抱いていた。

生まれつき茶色がかった髪を弄りつつ、遊馬は続く言葉を選んだ。

「それじゃあ、どれが嘘だと思う？　事故と、父さんの研究と」

「親父さんの……ご遺体は？」

「ない。母さんが研究所の関係者に呼び出されて、お悔やみの言葉とともに骨壺を持って帰ってきたけど、その中には何もなかった」

「いや、有り得ないだろ……。有り得ないけど……」

木崎は頭を抱える。彼は困惑した様子で、遊馬を見つめた。

「でも、お前が言ってることは嘘だと思えないし、状況があまりにも胡散臭すぎるよな」

「信じてくれて、有り難う」

「いや、半信半疑。っていうか、俺の頭の中でどう処理したらいいか分かんない」

木崎は頭を振った。

「親父さん、ヤバい研究してたのかな。んで、隠蔽されたっていう……」

「そうかも」

遊馬は、自分でも驚くほど冷静だった。もう何十回も、自分の中でその可能性を考えたから。

「研究の詳細は？」

「聞いてない。教えてくれなかった」

「じゃあ、研究所の場所は？」

「知ってる」

研究所は、都内の某所にあった。二十三区から外れ、青梅線でしばらく行った場所だ。

そして、遊馬が今乗っているのは、青梅線直通の中央線だった。

それに気づいてか、木崎は顔を引きつらせる。

「……この電車に乗る前から、疑問に思ってたんだけどさ」

「なに？」

「お前の家って、こっちだっけ？」

「違う」

遊馬は先頭車両を、いや、その先にある研究所の方角を見つめて、よどみなく答えた。

青梅駅を越えると、辺りはぐっと風光明媚になる。

都会でコンクリートジャングルと言われるのは、山手線が走っている駅周辺だ。二十三区を出て立川まで来れば地方都市の雰囲気が味わえるし、更に西に行けばすっかり田舎だ。

「無茶すんなよ。ヤバいと思ったら連絡しろよ」という木崎の言葉を思い出しつつ、遊馬は駅を後にした。

そろそろ夕焼けに染まるであろう空は、どんよりと曇っていた。

一雨来そうだな、と思いながら、遊馬は地図アプリを開く。研究所のサイトも消え、地図にも載っていないけれど、おおよその位置は覚えていた。

点々と並んだ民家の背後には、木々を生い茂らせた山々が見える。

時折、削れたような山肌を晒している山を見かけるが、鉱山だろうか。東京でも石灰が採れるのだと、学校の授業で習った気がする。

石灰岩は、昔の生き物の死骸が堆積して出来たものらしい。それを大量に加工して、セメントにするのだという。

遊馬は、ひび割れた道路を見やる。これもまた、昔の生き物の死骸を原料にして作られたのだろうか。

では、この道路が長い年月をかけて埋もれていったら、また、石灰に戻るだろうか。

「戻らないかもな。プラスチックだって残り続けるみたいだし」

プラスチックが環境問題になっていることは、授業でよく取り上げられていた。だから今、プラスチックの排出量を減らす動きや、土に還るプラスチックを開発する動きに拍車がかかっているという。

自然——星が何千万年や何十億年という長い時間をかけて作った環境を、人間が一瞬にして破壊してしまう。

破壊と言っても、星にとっては些細な出来事なのかもしれない。

でも、人間と同じようにこの星で生きる生き物にとっては、たまったものではない。

「……新鉱物って、どんなのだったんだろう」

遊馬はぽつりと呟く。

父は多くを語らなかったが、最後に会った時は、ひどく興奮した様子だったのを覚えている。

——遊馬。父さん達が発見したのは、人類に新たな一歩を踏み出させる鉱物だ。この鉱物に含まれる元素のお陰で、今まで説明がつかなかったことの多くが明らかになり、人類の世界を一気に広げることができるぞ！

研究続きで無精ひげを伸ばした父は、眼鏡越しに目をキラキラさせながらそう言った。初めて見るおもちゃを与えられた子供のように、無邪気な顔をしていた。

遊馬は、そんな父が羨ましいと思っていた。

遊馬には熱中できるものがそれほどなく、友人とテレビゲームに興じて暇をつぶす日々を過ごしていた。

そして、新たなる鉱物に不安を覚えていた。人類が、この星に住まう生き物の生活を脅かす一歩を踏み出すのではないかと。

「父さん……」

父の死はあまりにも唐突で、遊馬の中では整理がついていなかった。涙が出ないのは、実感が湧かないからだろう。

だからこそ、父が最後にいたという場所をこの目で見たかったのかもしれない。何かが見つかれば、胸の奥にわだかまる靄を晴らすことができるかもしれないから。

気づいた時には、視界に映るのは草木ばかりとなっていた。

民家は完全になくなり、車一台通れるくらいの舗装されていない道が続いている。

関係者以外立ち入り禁止という旨の看板とロープが掛かっていたが、遊馬は人目がないのを確認するとロープを潜って侵入した。監視カメラがあったので、カメラの死角になるように動いた。

「カメラがあるということは、この先に隠したいものがあるってことだ」

風に揺られてざわめく木々に囲まれながら、遊馬は延々と続く山道を歩く。ところどころに車の轍があったので、それを頼りに進んだ。

「……あれか」

金網で作られたゲートが見えた。

だが、そこには白いワゴン車が停まっていて、数人のスーツ姿の大人がうろついている。

彼らは関係者だろうか。そうだとしても、何の用だろうか。現場検証ならば、警察がとっくに済ませているはずなのに。

見つからない方が良さそうだ、と遊馬は思う。父について聞こうかとも思ったが、追い返されるのがオチだろう。

遊馬は彼らを避けるように、枝葉が伸びっ放しになった茂みに隠れて移動した。

ゲートからはフェンスが延びており、上には有刺鉄線が張り巡らされていた。だが、ゲートから離れたところで、フェンスが破れている場所を見つけた。

遊馬は、この時ばかりは自らが細身なのに感謝した。壊れたフェンスの先に制服のあちらこちらを引っかけながらも、敷地内へと侵入する。

フェンスの向こう側にあった木々の葉をかき分け、外からではわからなかった光景を目にした。

そこで、遊馬は言葉を失う。

「これは……」

元々は白かったであろう建物は、大半が真っ黒に焦げて焼け落ちていた。

三階建ての建物は大破し、一階から三階までの内部を外にさらけ出している。だが、その内部も骨組みと床をわずかに残すだけで、ほとんどが瓦礫と化して地面に積み上げられていた。

焦げ付いた風が、遊馬の頬を撫でる。

「無理だ……」

口から漏れたのは、絶望だった。

これほど大規模な爆発であれば、研究員の命はおろか、身体すらも奪ってしまっただろう。空虚な骨壺に嘘偽りがなさそうなことが、証明されてしまった。

どっと押し寄せた喪失感に、指先が小刻みに震える。気を張っていなくては、その場にくずおれてしまいそうだった。

だが、何故、こんなことになったのか。

母は、実験中の事故が原因だと聞かされたという。

研究機関に非があるとのことで、莫大な見舞金が振り込まれたそうだ。母はそれで納得しているようには見えなかったが、「大人の事情があるの」と自分に言い聞かせていた。

「大人の事情なんて、知ったことか」

少しでも、真実を知りたい。

その気持ちが、遊馬に無謀な勇気を与えていた。

遊馬は人目と監視カメラのいずれもないことを確認すると、小走りに研究所へ歩み寄った。

肌を焼くような、ピリピリとした空気を感じる。

それでも、瓦礫をこえて研究所の内部だった領域に踏み込み、つぶさに辺りを見回した。何か、爆発の原因は見当たらないかと。

すると、最も焦げ付きがひどい場所が目に入った。

床がひび割れて崩落しており、いくつもの瓦礫がその上に降り積もっている。崩落した床の隙間から、地下室のようなものが見えた。

その先は真っ暗だったので、遊馬はスマホのライトをつける。

遊馬は積もった瓦礫を足場にして、隙間を縫いながら慎重に地下へと降りた。

地下室をぐるりと見回すと、床や壁の焦げ付きが一階よりも顕著で、元の色が分からないほどだ。強化ガラスと思しき分厚いガラスも散乱している。

「爆心地は、ここか？」

「痛……」

ひりつく感覚が強くなっている。何かよくないものが漂っているのではないかと思い至り、遊馬は急に恐ろしくなった。

だが、ここまで来たからには、手ぶらでは引き返せない。

せめて、父の遺したものの一つくらいは持って帰りたい。

謎の研究をしていた父が、謎の爆発に巻き込まれて謎の死を遂げたなんて、納得がいかない。

「父さんは一体、何を見つけてあんな目をしていたんだ……」

真冬の澄んだ空に煌めく星のような目。遊馬はその目が映していたものを、知りたかった。

足場が悪いため、手近なところにある大きな瓦礫で身体を支えながら進む。だが、その瓦礫達も絶妙なバランスでたたずんでいたらしく、遊馬が体重をかけた瞬間、凄まじい音を立てて転がった。

「うわっ」

遊馬は床に放り出され、尻餅をつく。スマホは転がり落ちた衝撃で、ライトが消えてしまった。

遊馬は慌ててスマホを拾い上げ、頭上を見上げる。

天井が瓦礫で塞がっているせいで外界の様子がよく分からなかったが、誰かが近づいて来る様子はない。

急いでスマホのライトを点け直そうとする遊馬であったが、その時、気が付いた。

瓦礫があった場所が、ぼんやりと光っていることに。

「なんだ、これ……」

ネックストラップがついた小さな瓶が、輝いている。

正確には、小瓶の中の何かが光を放っていた。

「綺麗だ……」

名状しがたい光だった。

青く光ったかと思えば、紫色に変化し、淡紅色になり、みるみるうちに赤くなって、橙色に輝き、まばゆい黄色に見え、優しい黄緑色になり、落ち着いた深緑を帯びて、青に戻る。

次々と変化する輝きを持つ物の正体は、石の欠片だった。

小指ほどの大きさしかない石は、外界の光がない地下で、自ら発光していた。

小瓶にはラベルが貼ってある。そのラベルには、《mirabilisite》と書かれていた。

「ミラビリサイト……？」

聞いたことがない単語だ。恐らく、この不思議な石の名前なのだろう。

石の横には、ちぎれた紙が落ちていた。ノートか何かの断片のようだ。

「父さんの字だ……！」

遊馬は不思議な石の光を頼りに、紙に書かれた文字を判読する。ところどころが焼けていたり、煤にまみれていたりしたけれど、辛うじて、これだけは読めた。

「新たなる資源、ダークエネルギーの証明、膨大なエネルギーと、拡がる人類の未来の可能性……」

興奮していたのか、書き殴るような文字だった。父は子供のように目を輝かせながら、このメモを綴ったのだろう。

「ダークエネルギーって、まだ人類が解き明かしていないエネルギーのことだっけ。それが、この鉱物で分かるってこと……？」

小さな石の欠片を見つめる遊馬であったが、その幻想的な輝きを目にするうちに、吸い込まれそうな感覚に包まれていた。頭がぼんやりして来たところで、慌てて首を横に振る。

「……あんまり見つめない方がいいのかもしれないな」

遊馬は、ちぎれた紙と小瓶を上着のポケットにねじり込む。

ひりひりする感じに加えて、頭の中もぐわんぐわんと揺さぶられるような感覚だ。

探索はもう限界だろう。父のメモが見つかっただけでも良しとしなければ。

「それにしても、メモはともかく、サンプルを持ち出しちゃ駄目だよな」

ならば、置いておくべきかもしれない。これは、然るべき機関の人達が持つべきものだろうから。

遊馬はそう思い、目につく場所に置こうと、一度しまった小瓶を取り出す。

その時、彼は気付いた。小瓶の中の石が、激しく点滅していることに。

「えっ……!?」

先ほどの倍速で色が移り変わり、光が激しくなっていく。

「ちょっと！」

遊馬が小瓶を放り投げてしまおうと思ったその瞬間、視界は真っ白に染め上げられ、耳をつんざくほどの爆音が響き渡ったのであった。

気付いた時には、灰色の空の下に放り出されていた。

ひどく寒い。

遊馬はブレザーの上着をギュッと羽織り直した。いつの間にか、外に吹き飛ばされてしまったのか。

「いや、違う……」

遊馬が寝ていたのは、荒れ果てた大地だった。そして、周囲に壊れた研究所が見当たらない。

「なんだ、これ……」

すぐそばに、巨大な要塞がそびえ立っていた。

城壁さながらの壁に囲まれて、様々な建物が寄り集まって街を築き上げている。

要塞のあちらこちらには、コンビナートを彷彿とさせる煙突が立ち並び、複雑な機械が蠢いていた。遊馬のもとまで機械音が轟き、その要塞が威嚇しているかのようだった。

そんな中、唐突に巨大な風車が立っている場所もあった。

風車といっても機械仕掛けで、発電機のようだ。付近にはタービンの音だけが響いていて、煙突を備えた施設が停止しているようだった。

家々と思しき建物がミルクレープのように何層にも重なっていて、頂上に近づくにつれてギラギラとした灯りをともした豪奢な建物へと変化する。

首が痛くなるほど見上げると、暗雲の下にぼんやりと白く輝くずんぐりとした煙突のようなものが見えた。

白煙を吐き出すそれには、ニュースや教科書で見覚えがある。恐らく、発電所の冷却塔だろう。

「こんなの、東京の郊外にあったっけ……？」

遊馬は頭を振り、現実と向き合う。

ここは東京郊外ではない。なにせ、その要塞以外、何も見当たらないのだから。

ただひたすら荒れ果てた大地が続き、遥か彼方に地平線が見える。所々に山脈が見えるが、木々は見当たらず山肌が晒されていた。

暗雲が空を覆っているが、時折、ほんのわずかに陽光を感じられる。だがそれは、夕刻のものではなくて昼間のものだった。

空気はやけにざらついていて、呼吸をする度になにかが入り込んでくる気がしたので、ハンカチで鼻と口を覆った。

「ここは……どこだ……？」

遊馬の疑問に答える者はいない。スマホを取り出してみたが、圏外になっていた。

誰かいないだろうか。

遊馬は、要塞に向かってふらふらと歩き出す。人の営みがありそうなのは、そこしか見当たらなかった。

異世界、という現実味のない単語が頭を過ぎる。

こんな場所は見たこともないし、何より、空気が違う。ざらついていて、重々しくて、息が詰まりそうだった。

だが、異世界にやって来たなんて、あまりにも荒唐無稽ではないか。そんなのは、フィクションの世界でしかありえない。

頭を抱えて歩いているうちに、遊馬は要塞の城壁まで辿り着いた。

コンクリートと思しき城壁が、冷ややかに遊馬を迎える。高さは遊馬の身長の十倍以上あった。足場もないし、とてもではないが上れない。

それによく見れば、城壁から都市を包むようにうっすらと、ドーム状に光が包んでいるようすが窺えた。

「何処かに入り口はないかな」

それか、人がいればいい。遊馬はとにかく、自分が置かれている状況を知りたかった。

城壁の周りを少し歩くと、人の痕跡はすぐに見つかった。

あり合わせの素材でこしらえたと思しきバラックが、所狭しと並んでいる。そんな建屋の間に、ちらりと人影が見えたような気がした。

「あの……っ」

遊馬は走り出す。

だが、バラック群に足を踏み入れたところで、飛び出してきた黒い塊に足を取られた。

「うわっ」

「キャイン！」

犬の声だ。

遊馬はなんとか体勢を整え、そちらを振り返る。すると、白いバンダナを巻いたシェパードが、じっとこちらを見つめていた。

「ごめん、ぶつかっちゃって。大丈夫？」

シェパードは遊馬を凝視していたが、やがて、「ワン！」と鳴いて尻尾を振った。

「良かった、無事で。野生じゃなさそうだし、君の飼い主は何処にいるの？」

さっきの人影かな、と遊馬は辺りを見回す。

すると、バラックの陰から、一つ、二つと人影が集まって来るのが見えた。

「あの、すいません。僕、道に迷っちゃったみたいで、ここがどこだか――」

教えて頂けますか、と続けようとした言葉は、途切れてしまった。

シェパードは遊馬の前に立ちはだかり、人影に向かって唸り出す。

現れた人達の様子は、明らかにおかしかった。

ボロボロの衣服に、おぼつかない足取り。目は虚ろで濁っており、口は力なく半開きになっていた。

異様なのは、彼らから鉱物と思しき結晶が生えていることだった。

或る者は頭から、或る者は胸から、豊かな色彩の美しい結晶が、グロテスクに突き出している。

その輝きに、遊馬は見覚えがあった。

「ミラビリサイト……？」

遊馬は、ポケットの中を探る。指先が当たった小瓶が、やけに熱を帯びていることに気づいた。

「ワンワン！」

シェパードは警告するように吠える。どう見ても、結晶人間達は友好的に見えなかった。

逃げなくては、と駆け出そうとしたのと、結晶人間達が遊馬に向かって走り出したのは、同時だった。

「ひっ」

彼らは、確実に死んでいる。

結晶人間の半開きの口から、体内が結晶で満たされているのが見えた。そんな状態で生きている人間はいない。

それなのに、彼らの足は速く、伸ばされた手には明確な意思が窺えた。確実に、遊馬を捕えようとしている。

「助けて！」

捕まったらどうなってしまうのか。自分も、彼らのように身体に結晶を植え付けられてしまうのだろうか。

恐怖に慄きながら逃げる遊馬であったが、結晶人間の方が速い。

すぐに距離を詰められ、その手が遊馬の制服を引っ摑もうとして――。

「ワン！」

シェパードが高らかに吠える。次の瞬間、第三者の声が割り込んだ。

「伏せろ！」

「は、はい！」

遊馬は命じられるままに伏せる。その頭上を、何かが過ぎった。

ぼっと背後から熱が押しよせる。振り返ると、まさに遊馬を捕まえようとしていた結晶人間が炎に包まれ、崩れ落ちていくところであった。

「えっ、な、なに……？」

遊馬はへなへなと腰を抜かしてしまう。

何とか首を動かし、声の方を振り返った。

すると、バラックの屋根の上に、真っ黒なコートを身にまとった男が立っているではないか。

両手には、やたらとごつくて銃身が長い銃を携え、顔をガスマスクで覆っている。声からして、若い男のようだった。

首に引っ掛けた白いマフラーは、威風堂々とはためいている。

彼が助けてくれたのだろう。しかし、結晶人間を一瞬にして焼き払ったのは、本当に銃の火力だろうか。

一方、燃えた結晶人間の後からも、他の結晶人間達が、じりじりと距離を詰めてくる。

「ずいぶんと熱い歓迎じゃねえか。《侵食者》ってのは、もっと慎ましやかなはずなんだがな」

男は皮肉めいた口調でそう言いながら、結晶人間達に向けて躊躇(ためら)わずに引き金を引いた。その銃口から飛び出したのは、鉛玉ではなかった。

青みを帯びた光を放ちながら、流星のように美しい軌跡を描いて結晶人間へ着弾する。刹那(せつな)、結晶人間達は着弾箇所から凍結し、全身が氷に覆われた。

「じゃあな。安らかに星に還(かえ)ってくれ」

男のもう一丁の銃が火を噴き、結晶人間を氷もろとも打ち砕く。粉々になった氷と結晶が、ダイヤモンドダストのように宙を舞い、やがて、ざらついた風にさらわれて消えていった。

「ワンワン！」

シェパードは尻尾を振りながら、バラックから飛び降りる男に向かって走り出す。

遊馬はしばらくの間、茫然(ぼうぜん)自失していた。

「今のは……魔法……？」

そうとしか思えない。あんな芸当ができる兵器は見たことがなかったし、自分の常識では考えられなかった。

それに、男の銃が放った弾丸は、ミラビリサイトというあの結晶と似たような輝きを放っていた。制服のポケットに入っている小瓶を探るが、熱はもう感じられなかった。

「おい」

ガスマスクをした男は、銃を携えたまま遊馬に歩み寄る。近くで見ると、かなりの長身だ。

「お前は何者だ。何処から来た。何故、外界でマスクをせずにいて侵食されない」

男は低い声で問いかける。その銃口は、遊馬に向けられていた。

遊馬は悲鳴がもれそうになるのを、必死にこらえる。

そして、努めて冷静に答えた。混乱しては、事態が悪化するだけだと自分に言い聞かせて。

「僕は、伊吹遊馬……。東京から来ました……」

最後の質問の意味は分からなかったので、様子を見ることにした。すると、男は怪訝な声をあげた。

「トーキョーだと？　新しい集落か？」

「い、いえ。日本の首都なんですけど……」

「ニホン？　俺の知らない避難区域か……？」

男は更に胡乱げになる。

「避難区域って、どういうことですか？　それに、ここは何処ですか？」

遊馬も質問をしてみることにした。すると、男はややあって答えた。

「ここは《要塞都市アルカ》。人類の最後の希望にして、絶望に向かって突き進む最大避難区域。かつて、星晶石の採掘場だった街だ。世界的に有名だったはずだが」

そんなことは知らない。

遊馬は口にしなかったが、表情から読み取ったのか、男は続けた。

「目視で確認したところ、侵食されている様子はないな。何より、スバルが警戒しないのがその証拠か……。いいだろう。来い」

スバルというのはシェパードのことだろうか。名前を呼ばれるたびに、シェパードは嬉しそうに尻尾を振っていた。

「来いって……」

「壁の中だ。壁に沿って結界と呼ばれるバリアが展開されているから、星晶石の塵は入らない。お前について知りたいことは山ほどあるが、俺もこの地獄のような場所にいつまでもいたくないからな」

「地獄って……」

男は既に踵を返し、壁の方へと歩き始めていた。スバルもまた、小走りでその後を追う。

「来ないのか？」

「行きます！」

遊馬もスバルに続いた。

「あの、あなたのお名前は……」

「レオンだ。革命組織《アウローラ》に所属している」

彼は振り返ろうともせず、素っ気なく自己紹介をした。

日本人離れした名前だが、外国人だろうか。彼は日本を知らないようだったが、日本語が通じてコミュニケーションは成立している。

数々の疑問が押し寄せてくる。

だが、日本語が通じているというには、違和感があった。レオンの日本語は、音として認識しているような気がしなかった。鼓膜を通じて入って来る音は、全く異なるもののようだった。

しかし、何故か理解ができる。副音声の翻訳が、頭の中に直接響いているようだった。先ほどの魔法のような力といい、一体、どういうことなのか。それに、結晶人間に、人類の最後の希望と、知らないことばかりだ。

やはり、ここは自分がいた世界とは決定的に違う。

「やっぱり、異世界……？」

何かをきっかけに、自分がいた世界とは異なる世界に転移してしまったというのか。まさか、ゲームや小説で起きるような出来事が、自分の身に降りかかるとは。

だが、それが本当だとしたら、一体何がきっかけだったのか。

遊馬は自然と、ポケットの中の小瓶をぎゅっと握り締めた。

一方、レオンは、崩れかけたバラックや瓦礫の山を越えて壁へと向かう。遊馬は足を取られながらも、何とか先へと進んだ。

「ここだ」

レオンが壁の真下に放置されたボロ布をめくると、そこにはハッチがあった。

レオンとスバルはその中へと潜り込み、遊馬もまたそれに続く。

手探りで梯子を下りている時、遊馬は研究所の地下室を思い出した。そして、いなくなった父のことも。

だが、遊馬は頭を振った。今は、感傷に浸っている暇はない。

地下道は舗装されておらず、岩の床と壁が剥き出しになっていた。

道中、レオンは無言だった。スバルも鳴かなかったが、時折、愛嬌がある視線を遊馬に送ってくれた。

でこぼこした道を延々と歩いた先に、扉があった。

レオンは遊馬を見やると、いきなり、自らのコートを脱いで頭から被せた。

「うわっ」

「顔を隠しておけ。厄介なことになりたくなければな」

「は、はい……」

いきなりなんだと抗議の声をあげる余地もなかった。従わなければ、暗い地下道に置いていくと言わんばかりだ。

コートを脱いだレオンは、マフィアのようなスーツ姿だった。しかし、スーツのあちらこちらには使い込まれた跡があり、真新しさはない。古いものを、手入れしながら着ているのだろう。

レオンは、大人しくコートを被った遊馬を確認すると、慎重に扉を開けた。

ふわっと、ざらついた空気が遊馬に吹き付ける。そのざらつきも、先ほどまでいた場所よりはだいぶマシになっていた。

「わあ……」

目の前にあったのは、街だった。

とは言っても、大半は粗末な小屋かバラックであった。すり鉢状の奇妙な地形に、廃材で作ったと思しきそれらが無秩序に並んでいた。茶色と灰色で構成されたそれらの中に、時折、赤や青のトレーラーハウスが交じって彩を添えている。

空は見えず、鉄のプレートが頭上を覆っていた。そのせいで、今が昼か夜か分からないくらいだ。

すり鉢の中央には、巨大な鋼鉄の柱があった。正確には、柱状の施設だ。

施設はすり鉢の最奥まで延びて、地下に達しているように思えた。その証拠に、地の底から絶え間なく機械音が響いているのだ。

施設には、ベルトコンベアーや配管が複雑に絡み、外階段がせり出して異形の建造物と化していた。

「あれは、なんですか？」

「採掘施設だ。星の欠片を吸い上げる忌まわしき化け物にして、下層にいる労働者の唯一の飯のタネだな」

「採掘施設……」

どうやら、地下で何かを掘っているらしい。ということは、このすり鉢状の地形は、露天掘りの名残だろうか。

露天掘りといえば、地中深くで生成されるというダイヤモンドの鉱山を思い出す。だが、この場所は、遊馬が写真で見たダイヤモンド鉱山よりもはるかに大きい。ダイヤモンド以上に深い場所にある鉱物を、採掘しているのだろうか。

「星の欠片って……」

「星晶石だ。この土地には星晶石の鉱脈がある。発見されて以来、それは枯れていない。だが、時間の問題だろうな」

「星晶石って……なんですか？」

「二百年ほど前に発見された、最高の資源にして人類を死に至らしめる悪夢さ」

資源。

その言葉が、遊馬の中で父の言葉と重なった。

独特の輝きといい、星晶石と呼ばれているものは新鉱物ミラビリサイトのことではないだろうか。

一方、レオンは怪訝な様子だった。

「というか、レオン、お前はそんなことも知らないのか。お前は一体——」

「ワン！」

スバルが吠え、レオンがハッと街の方を見やる。すると、二人の男が手を振りながら駆け寄って来たではないか。

「お帰り、レオン」

「どうだった？　難民は見つかった？」

片方はレオンに引けを取らぬほど体格がいい男で、もう片方は若い男だった。二人とも逞しい身体つきであったが、日にはほとんど焼けていなかった。まとった作業着は擦り切れるほどに使い込まれていて、労働者であることは一目でわかった。

その腕には、スバルと同じく白いバンダナが巻かれている。

彼らの問いに、レオンは「ああ」と頷いた。

「よかった！　あの辺りは侵食者が多いから心配だったんだ。それにしても、地平線を監視していたのに、何処から来たんだい？　いきなり街の近くで見つけて、焦ったんだけど」

若い男が、遊馬に詰め寄る。遊馬はレオンの言葉を思い出し、慌てて顔を隠した。

レオンもまた、両者の間に割って入る。

「それについては、こいつから詳しく聞こうと思っている。ステラのところで精密検査を終えてからな」

「オッケー。俺としては、早めにフィードバックが欲しいところだけど」

若い男は肩を竦めてみせた。

「ちなみに、もしかして、女の子？」

「へっ？」

遊馬は思わず声をあげてしまった。

「なんていうか、線が細いしさ。俺はケビンっていうんだけど、精密検査が終わったら一緒にお茶でもどう？」

線が細い、に遊馬は少なからずショックを受ける。

ケビンは見たところ、遊馬よりも少し年上のようだ。金髪碧眼（へきがん）で背も高く、イケメンというよりハンサムの部類だろう。四肢は力強く、筋肉がしっかりとついている。

それに比べたら、遊馬はもやしだ。しかし、コートを被っていて足とおおよそのシルエットしかわからないとは言え、女子だと思われるとは。

「保護したばかりの難民をいきなり口説くな。お前は本当に節操がないな」

レオンは、呆（あき）れたように言った。

「節操がないとは失礼な。俺はちゃんと相手を選んでいるさ」

「どうだか。この前、ステラに声をかけたと聞いたが？」

その話題を出された瞬間、ケビンの顔色はさっと青ざめた。

「それはもう、なかったことにしてくれよ。いや、マジであの人、石にしか興味がないとは思わなかったんだってば……」

「石にしか興味がないというより、興味の幅が極端に狭いだけだがな」

レオンはそう言って、肩をすくめる。

一方、スバルはもう一人の男の方に、尻尾を振りながらじゃれついていた。

「よしよし。よく難民の保護を手伝ってくれた。ご褒美をやろうな」

男は、スバルに干し肉を与える。

「シグルド」

「はいよ」

スバルを撫でていた男は、名前を呼ばれて手を止める。彼はレオンよりも少し年上のようで、落ち着いた雰囲気を纏っていた。

「他に生存者はいなかった。やはり、外のバラックにいるのは侵食者だけだ」

「……だろうな。どういうわけか動物は侵食され難いが、人間は装備がないとあっという間に侵食されちまう。しかし、ケビンが見落としてたってことは、そいつらは難民じゃなさそうだな」

「上で捕えた罪人だろうな。上の連中、罪人をムショの中に置かずに地獄へと直行させるらしい」

「問答無用だねぇ……。それだけ、余裕がないってことか」

シグルドは無精ひげをさすりながら、頭上を仰ぐ。

「俺達が捕まっても、同じ末路になるんだろうな」

「捕まらないようにするさ。俺も、お前達も」

「我らがリーダーは頼もしいことで」

シグルドは薄く笑うものの、すぐに、真剣な眼差し（まなざし）になった。

「だが、無理をするなよ」

「無理をしなきゃ成せないこともある」

レオンはそう言い切って、遊馬にその場を離れるよう促す。

遊馬はコートを被（かぶ）りながら、息を呑（の）んだ。

レオンは革命組織アウローラに所属していると言っていた。彼がその、リーダーだということか。

革命、罪人、捕まる。何とも不穏なワードだ。

「あ、あの……」

「なんだ？」

「革……いや、精密検査って……なんですか……？」

レオンについて聞こうと思ったものの、勇気が足りなかった。

「ステラさんって人に、今から会うんですよね？」

街の中でも大きな建物に向かうレオンに、遊馬は心配そうに尋ねた。

「そうだ。お前に危険性が無いことを確認するためにな」

「危険性は、無いと思いますけど……」

「それを判断するのは俺じゃない」

レオンはにべもなく言った。

そうしているうちに、目的地に着いたようだ。

巨大なシャッターがある背の高い建物だが、巨大な倉庫だろうか。だが、シャッターは錆びついて壁はボロボロなので、放置されたものを再利用しているのかもしれない。

「ステラ！」

レオンはシャッター脇の扉を開くと、家主を呼びながら遊馬をねじ込んだ。

建物の中には、動くのか否かわからない機械や乗り物が並んでいる。吹き抜けの二階には部屋があり、白衣の人物がそこからひょっこりと顔を出した。

「レオン！　おかえり！　私のところに来たってことは、新発見でもあった？」

「こいつだ。診てくれ」

鉄の階段を駆け下りる彼女に向かって、レオンは遊馬を差し出す。被せていたコートを剝がし、自ら羽織り直しながら。

「ほほう？」

ステラと呼ばれた女性は、駆け足で遊馬のもとまでやって来て、くっつかんばかりに顔を近づける。

丸眼鏡をかけた、美しい女性だった。

愛嬌がある眼差しと、ふっくらした唇が魅力的だと思った。ケビンがお近づきになりたいと思った気持ちは、遊馬も理解が出来た。

「この子、普通の人間に見えるけど」

「そいつは、外界でマスクをしていなかった。それで、今、この状態だ」

「なんと！」

ステラはかっと目を見開く。そして、鼻息を荒くしながら、いきなり遊馬の服を剥がし始めた。

「ぎゃー！　何してるんですか！」

「何って、星晶石が侵食していないか目視で確認してるのよ！」

「ちょっと、変なところ触らないでください！」

「触んないと晶石化してないか分からないでしょ！」

ステラは容赦なく遊馬の身体をまさぐる。

真剣な眼差しの彼女に下心がないのは明白であったが、それでも女性に身体をくまなく触られるのは抵抗があった。

「せ、せめて同性の方でお願いします！」

「残念。このジャンクヤードの科学者は私だけよ！」

「レオンさーん！」

遊馬は悲鳴まじりでレオンを呼ぶ。

「生憎と、俺は科学者でなくてね」

答えたのは、黒髪の伊達男だった。

青みのある灰色の瞳が、切れ長の目から遊馬を見つめている。その瞳は宝石のように強く輝いていたが、深い海のように沈んだ感情も湛えていた。

整った鼻筋と精悍な顔立ちが、瞳に湛えたアンニュイさを際立たせていて、遊馬は吸い込まれるような感覚に陥った。

その手には、先ほどまでレオンがしていたガスマスクが携えられていた。彼はマスクをベルトに下げると、上着の懐から色眼鏡を取り出して静かに掛ける。

その姿は、マフィアの若頭のようにすら見えた。

「なんだ？」

色眼鏡の向こうからねめつけられ、遊馬はハッと我に返った。

「あっ、いえ、すいません！　レ、レオンさんですよね……？」

「ああ。マスクを取ったから混乱しているんだろうが、声も体形も俺だろう？」

「ですよね……」

レオンは遊馬に一瞥をくれたかと思うと、そばにあった薄汚れたソファに腰を下ろす。

座った姿も、ひどく様になった。洋画のポスターみたいだな、と遊馬は感心してしまった。

「レオンは、相変わらずアンティークばっかり着てるのね。それ、動きにくくないの？」

ステラは苦笑していた。

「動きやすく設計されている。それに、意外と頑丈なんだ」

「ま、いいけどね。労働者の作業着よりも風格が出るし。レオンは私達のリーダーだしさ」

「さっきの——シグルドさんも言ってましたけど、リーダーって……」

遊馬の言葉に、ステラは頷いた。

「そ。革命組織アウローラの英雄にしてリーダー。私達の象徴的な存在ね」

「革命って、何の……」

遊馬は辛うじてそう尋ねた。

「お前が言っていることの大半は理解出来なかったが、お前も俺達が言っていることはよく分かっていないようだな」

レオンは、眉間に皺を刻み込んでいる。ステラもまた、「ありゃ、マジか」と頭を掻いていた。

「目視と触診でも侵食は見当たらないし、これはもしかしたら、もしかするかも……」

ステラは、念のためと言って遊馬の唾液を採取する。彼女はそれを分析するために、奥にある部屋へと引っ込んだ。

その場に、遊馬とレオンだけが残された。遊馬はもそもそと制服を着直しながら、レオンの方をチラリと窺った。

レオンは銃を取り出し、手入れをしている。銃というよりは、装置に近いと思った。銃身がやけに長かったのは、精密な機械が取り付けられていたからだ。

「それは……」

「エーテル・ドライブと呼ばれている。簡単に言えば、星晶石を動力にする兵器だ。このガンタイプは、星晶石で作られた弾丸に炎や氷の属性を付与して発砲することができる。もちろん、属性を付与しないことも可能だが」

色眼鏡をしているのは、戦闘中に発生する星晶石の光を直視しないようにとのことだった。星晶石の光を長時間、直接見つめていると、人体に害を及ぼすらしい。

それより、一気にまくし立てられたせいで、疑問ばかりが浮かび上がる。

「属性って……」

「古代で四元素と呼ばれたものだな。火、風、水、土――これらで世界の物質が構成されていると考えられていた時期があったそうだ。星晶石から得たエネルギーをもとに、兵器の機能で四元素の概念に働きかけて、一時的に実体化させているのだと聞いたな」

「なるほど……!?」

遊馬は、四元素の話をゲームで知っていた。

ゲームの中では、四元素をもとに魔法を使うので、やはり、レオンが使っているのは魔法的なものなんだろう。四元素の概念自体は遊馬の世界でも実在していて、昔、ヨーロッパなどで用いられたのだと聞いたことがあった。

また、レオンが言った炎と氷というのは、火と水をより攻撃に特化させたものだという。属性を付与しなくても威力は高いが、付与して実体化させた方が持続時間も長く、用途が多いとか、そんなことを教えてくれた。

「その兵器を使って、あの結晶に侵食された人達と戦っているんですか？」

問いかけながらも、遊馬は違うかもしれないと思っていた。

彼らは革命組織らしい。革命ということは、現状をひっくり返そうとしているということだ。主に、政治的な意味で。

遊馬の予想通り、「違う」とレオンは答えた。

「侵食者の脅威から人々を助けるのも我々の役目の一つだが、本来の目的はそこじゃない。俺達は、二分した都市を一つにし、将来枯渇する可能性と膨大なリスクを抱えたエネルギーの利用を停止させ、自然が生み出す尽きることがないエネルギーの利用を促進したい」

「二分した都市に、リスクがあるエネルギー……」

外から見たこの都市——アルカは、巨大なコンビナートかプラントのように思えた。

都市の上の街は華やかで明るかったが、最下層と思しきこの場所は廃材を利用した建物が多いし、じっとりとした暗さがある。上層に行くにつれて、裕福になるのかもしれない。

都市が二分されているというのは、貧富の差のことだろう。

「レオンさん達が戦っているのは、上の方……ですか？」

「そうだ。新政府軍《グローリア》。元々は、この星晶石鉱山を保有して開発を進めていた企業だったんだがな。今となっては、連中はアルカを支配し、資源を独占している。

その上、鉱山労働者に薄給で危険な作業をさせて使い捨てているってわけだ。労働者は下層に住み、上層は投資家どもの楽園ということさ」

レオンは、そう吐き捨てた。

「レオンさん達は、労働者の方なんですね」

「ああ。労働者と元労働者を中心として、難民と反グローリア派も集まって、このジャンクヤードを根城にしているんだ」

今、遊馬がいる場所はジャンクヤードと呼ばれていて、上層のゴミが捨てられる場所でもあった。ジャンクヤードの住民の住まいは、そんな廃棄物を再利用したものらしい。

「難民って、僕もそう言われてましたけど……」

「外界は人が住める場所じゃない。だが、シェルターに避難して辛うじて生き残っている連中もいる。そういう連中の物資が尽きた時、決死の覚悟でアルカを目指してくるのさ」

だが、アルカを取り仕切っているグローリアは、難民を受け入れたりはしない。資源には、限りがあるからだ。

だから、レオン達は難民を保護している。レオンが遊馬を助けたのも、密かに作った監視塔から遊馬の姿を確認し、難民だと思ったからであった。

「限りある資源って、星晶石のことですよね？　鉱物の埋蔵量って限りがありますし、工業的に使えるまで成長するには途方もなく時間がかかりますし……」

都市中心から地中に延びる採掘施設では、星晶石を採掘しているというのを思い出す。そして、外から窺った時に見えた、巨大な冷却塔も。冷却塔があるということは、発電所があるはずだ。恐らく、一連の施設はまとめて、プラントという扱いなのだろう。

「もしかして、都市の中央にある巨大プラントって、星晶石で発電しているんですか？」

星晶石には限りがあるから、再生可能エネルギーの利用を促進しているのだろうか。

遊馬はそう思いながら、壁の外から見えた風車を思い出す。あれは、アウローラが建造したものなのだろう。

一方、レオンは眉間に皺を更に深く刻んだ。

「そうだ。というか、星晶石による発電は、世界で最も採用されていたから、常識なんだがな」

「すいません。それは知らなくて……」

遊馬は縮こまる。

「それが本当なら、奇妙な奴だな。常識を全く知らぬような顔をして、少し説明すれば理解は早い。まるで、常識は異なるが、世界の理(ことわり)が似ている場所から来たようだ」

レオンは立ち上がり、遊馬に歩み寄って見下ろす。美しい容姿が明らかになると、長身の彼の存在感は更に増し、有無を言わさぬ迫力が生まれる。

遊馬は目をそらしそうになるが、自分の言っていることが本当だと悟ってもらうため、必死の眼差し(まなざし)をレオンに向けた。

「多分、その通りなんです。僕は、日本という国の東京という都市が存在する世界から、来たんだと思います」

即ち、異世界。

レオンは「まさか……」と呻いたものの、遊馬の言葉を否定しなかった。

そんな時、ステラが転がりそうなほど駆け足で戻って来た。

「簡易検査の結果が出たよ！　侵食率はゼロ！　どういうこと⁉　もしかして、呼吸してない⁉」

ステラは遊馬の顔面に押し付けんばかりに手を添えるものの、鼻息がかかったのを確認すると、「呼吸してないなんてことはないか」と自説を改める。

「どういうことですか……？」

目を丸くする遊馬に、ステラがまくし立てる。

「それはこっちが聞きたいくらい。普通ならば、星晶石の塵が漂っている外の世界で呼吸しただけで、星晶石に侵されちゃうのよ！」

だから、レオンはガスマスクをしていた。そして、外にいた人達の身体は星晶石に侵食されていた。

だが、遊馬は無事だった。ガスマスクも何もしておらず、呼吸もしていたのに。

「星の力に侵されない、異界の使徒」

レオンがぽつりと呟く。それを聞いたステラは、目をひん剝かんばかりに見開き、遊馬を見つめた。

「あの予言の《巫女（みこ）》？　私達の常識が通用しないっていうなら、異なる世界から来たっていうのも否定できないわね。でも、男の子じゃない」

「だが、異界の人間だろう。しかも、この世界と酷似した世界の、な。そう考えれば、こいつの挙動も全て納得がいく。星の力に侵されないのも、そのせいだろう。構造が違うか、異なる祝福を受けているのかもしれない」

「マジで？　それなら、是非とも身体の隅々まで調べたいんだけど！」

ステラは目を輝かせる。

どうやら、遊馬が異世界の人間だというのは信じてもらえたらしい。何やら不穏な単語が聞こえてくるが。

「予言に誤差があったのかもしれないし、解読が間違っていたのかもしれない。いずれにしても、中層のジェネレーターをちまちまと攻略するのにも限界があったんだ。戦える者が消耗しないうちに、グローリアに乗り込んで計画を実行したい」

「……そうだね。みんな頑張ってるけど、疲弊しているのは目に見えてるし」

ステラも、レオンに同意した。

「あの、何やら話が進んでいるところ申し訳ないんですけど、僕はどうやったら還（かえ）れるのでしょう……？」

遊馬は遠慮がちに尋ねる。

暗い世界、怪しげな星晶石、横暴な支配者と物騒な革命組織。それらから背を向けて、できるだけ穏便に速やかに元の世界へと還りたかった。

だが、レオンとステラは顔を見合わせる。答えに窮しているのは明らかだった。

「ふむ。キミが異界の使徒だとして、どうしてこっちに来れたのかも気になるところね」

ステラは遊馬の姿を頭からつま先まで見つめる。舐めまわすような視線が、とても居心地が悪い。

「よし。まずは状況を整理しましょう。ついでに、血液も採取させてね」

ステラは遊馬の背中をぐいぐいと押し、奥の部屋へと促す。レオンもまたそれに続くが、遊馬は生きた心地がしなかった。

ステラに案内された奥の部屋は、雑然としていた。

パソコンのような機械が何台かあり、資料と思しき書類が積み上げられている。コルクボードには貼られたメモが堆積して紙のおばけのようになっているし、ホワイトボードには意味不明の数字が羅列されている。

部屋の真ん中には、一応、話し合いの場と思しき大きなテーブルがあるが、ステラがブルドーザーのように資料をどかすまでは、完全に埋もれていた。

三人が席に着くと、遊馬は今までの経緯を説明した。

レオン達の世界のことを知りたかったが、それは後回しだ。幸い、彼らは協力的かつ理性的なので、自分の状況を伝えてしまった方がスムーズだろう。

(ステラさんはちょっと変わっているけど科学者だし、その辺はちゃんとしてそう。レオンさんだって……)

レオンの肩書はなんだ、と遊馬は眉をひそめる。魔法を使っていたようだが、魔法使いというわけではないのだろう。銃を使っていたし。

革命組織と名乗っていたし、都市アルカを取り仕切っている組織と対立していると言っていたし……。

(テロリスト……?)

そんな単語が、頭の中に思い浮かんだ。

先行きが不安だ。それこそ、アルカを取り仕切るグローリアとやらに助けを求めた方がいいのではないだろうか。

遊馬は、こちらの話に耳を傾けるレオンを見やる。

色眼鏡の向こうから、グレーの瞳が遊馬のことを見つめていた。

その眼差しに、獅子のような勇猛さと、ほんのわずかな物悲しさを垣間見る。それが、彼は血と争いを求めるだけのテロリストではないことを証明しているような気がした。

(今は、レオンさんを信じよう……。グローリアへの接触の仕方だってわからないし、レオンさんは僕の恩人だ)

彼がいなければ、今ごろ侵食者と呼ばれる生ける屍さながらの人々に何をされていたか分かったものではない。

遊馬はレオンと出会うまでの、父が研究所の事故で亡くなったこと、事件の真相を知るために研究所跡まで行ったこと、そこで、父が研究していたと思しき鉱物を発見したことと、鉱物が輝いたと思ったらアルカの前にいたということを話した。

遊馬が話すうちに、レオンは顔をしかめ、ステラは前のめりになる。

「――という感じでアルカに近づいたら、レオンさんとスバルに助けられたんですけど……」

「その鉱物見せて！」

鼻息が荒いステラは、ずいっと右手を差し出す。遊馬は恐る恐る、ミラビリサイトが入った小瓶をステラの手に載せた。

「これなんですけど……」

「星晶石じゃない！」

ステラは小瓶の中身をレオンにも見せる。レオンもまた、色眼鏡をしたまま、まじまじと見つめた。

「確かにこの輝き、星晶石だな」

「輝きだけじゃない！　晶癖と成長痕も同じだから！」

ほら、とステラはレオンの顔面にぐいぐいと小瓶を押しつける。

「やめろ。俺は星晶石の専門家じゃない。結晶の形で判別つくか」

「もー、なんでみんな、石にそんなに興味ないの？　資源利用以外にも見るべきところがいっぱいあるでしょ！」

ステラは頬を膨らませてご立腹だ。

「いいから、返してやれ。父親の遺品だろう」

レオンが顎で指図すると、ステラは口を尖らせて従った。遊馬は小瓶を返してもらうものの、遺品という言葉が棘のように胸に刺さる。

そうだった。父はもういなくて、自分に遺されたのは奇妙な鉱物と走り書きのメモくらいなのだ。

「しかし、どういうことだ。お前が暮らしていたのはこの世界と異なる場所らしいが、星晶石が発掘されるとは。そもそも、こうして見た目も文化も似ていて、言語も通じるというのは解せないな」

レオンは怪訝な表情だ。遊馬も、彼の意見には同意だった。

ステラはしばらく腕を組んで考えていたが、ある結論に至る。

「多分、似たような条件で成長した世界なんじゃない？　この姿や文化は最適解のひとつだから、偶然似たということもあるし」

「最適解だと？」とレオンは訝しげなままだ。

「ほら、空を飛ぶには翼か膜が必要だから、空を飛ぶ生き物はみんな持ってるし、何となく似た形になるでしょ？　そういうこと」

遊馬は、空を飛ぶ生き物を思い出す。

翼といえば鳥だが、膜を持っているとなると、蝙蝠にムササビやモモンガに、トビトカゲか。蝙蝠は鳥のように飛べるが、ムササビやモモンガやトビトカゲは滑空しか出来ないし、おおよそのシルエットは近い気がする。

「……むしろ、イルカとサメの比較の方が分かりやすいかな。哺乳類と魚類だけど、同じような姿だし」

そして、恐竜が栄華を極めていた中生代にはイクチオサウルスという、イルカやサメに似ている姿の爬虫類も存在したそうだ。あの形状は、海で速く泳ぐのに適しているのだろう。

「ん、何だって？」

レオンは眉をひそめる。

「えっと、イルカとサメのことですか……？」

「イルカとサメ？　何故、動物の名前まで同じなんだ？」

レオンは腑に落ちない表情だ。

だが、遊馬はレオンの言葉に違和感を覚えていた。彼がおかしなことを言っているわけではなく、『イルカ』と『サメ』の部分が妙に不鮮明だったのだ。

彼の声がというよりも、彼の言っていることに対する理解が。

「これだ！」

ステラはいきなり声をあげた。

「どれだ」

レオンは冷静に尋ねる。

「これよ、これ！　星晶石が私達の言語中枢に働きかけているに違いない！」

ステラは目をひん剝かんばかりに見開いて、遊馬が手にしている小瓶を指さした。

「この鉱物が、言語中枢に……？」

遊馬が小瓶とステラを見比べると、彼女は何度も頷いた。

「星晶石は高次元に干渉することで、あらゆる元素を取り込むことも放出することもできると研究結果が出ているの。高次元に干渉可能な物質ということは、この世界にとって超常的な現象を引き起こせるということでね。ここまでは分かる？」

「よ、よくわからないんですけど、超常的な現象――つまりは、魔法が使えるってことでいいんでしょうか……」

「グッド！　わかってるじゃない。レオンよりも吞み込みが早いわ」

ステラは親指を立て、レオンは「ほっとけ」と投げやりに言った。

「私達が世界のあらゆる事象を認識するのは、七感によってでしょ？　第六感までは物質的なものだけど、七感は違う。七感だけ高次元の感覚なわけ。その七感に働きかけることによって、双方の意思疎通が可能になるってわけよ」

「七……感……？」

遊馬が首を傾げていると、ステラは指を折り始めた。

「触覚に嗅覚、視覚に聴覚に、味覚でしょ？」

「そこまでは分かりますけど……」

「あとは振覚ね。パルスを感じ取る感覚。人間はだいぶ鈍っちゃってるけど」

ステラはおでこの辺りを叩いた。振覚という単語は不鮮明で、彼女の言葉を噛み砕くようにしてようやく理解が出来た。

「第六感のこと、ですかね。霊感がどうのってやつ……」

「なんだ、知ってるじゃない。霊感って、超常現象だと言われていたゴースト現象を観測する能力のことよね。物体が記憶した微弱なパルスを感じ取るってやつ」

「う、うーん、まあ、そういうことですか……ね」

遊馬は曖昧に頷いた。どうやら、彼女らの世界では、霊感は科学的に証明されているらしい。

「じゃあ、第七感っていうのは……」

「概念——意味を捉える感覚よ」

イルカという単語を聞けば、哺乳綱鯨偶蹄目クジラ類ハクジラ亜目の比較的小さな個体を連想するという能力だそうだ。他にも、頭がいいとか人懐っこいとか、水族館で人気とか、とにかく、対象に意味を見いだす感覚のことを指しているという。

「もしかして、ミラビリサイト——星晶石は意味を見いだす感覚に働きかける鉱物だから、僕達が話している言語が違っていても意味が通じるっていうことですかね……」

「パーフェクト！」

ステラは両手で親指を立ててみせた。その肯定的なジェスチャーは、彼女らの世界も遊馬の世界と同じらしい。

「なんか、物の名前には不思議な揺らぎというかラグみたいなのがあったんです。それって、相手が発する物の名前を適切な単語に変換しているとか、ですかね」

「そうそう！　キミが、星晶石をミラビリサイトっていうのは変換されてないけどね。多分これは、キミ達の世界、もしくはキミの中でミラビリサイトという言葉があまりにも新しすぎて定着していないせいだと思う」

「星晶石とミラビリサイトが、イコールになっていると認識し損ねているっていう感じですか……？」

「そういうこと！」

ステラはもはや、満面の笑みで上機嫌だった。

「話が早い！　ストレスがない！　星晶石を有効活用していないみたいだったから文明レベルに不安を覚えていたんだけど、かなり高度な教育を受けているようね」

「ど、どうなんでしょう……。僕はまだ、高校生ですけど……」

「コーコーセイ？　ああ、学生ってことね。裕福なの？」

「いや、普通だと思います。一応、中学校——えっと、十五歳くらいまでは義務教育でして、その後に高校へ通う人が多いですね」

遊馬がしどろもどろになりながら説明すると、盛り上がっていたステラは、急に寂しそうに目を伏せた。

「そっか……」

「えっ、僕が何か……」

まずいことを言っただろうか、と戸惑う遊馬に、レオンが口を挟んだ。

「お前は気にするな。お前が平和で恵まれた世界から来たんだなと、感傷的になっただけだ」

レオンに代弁され、ステラはバツが悪そうに苦笑した。

「あはは……、私もそんな世界で教育を受けたかったなと思っただけ。科学者になるために、結構、無茶したから」

「ステラさん……」

冷えて荒れ果てた大地。暗雲が立ち込めた空に、生ける屍のごとき人々。そして、廃材で出来た街。

この悪夢のような世界では、平和な学生生活は望めないだろう。

「平和な世界から来たのなら、さぞ、早く還りたいだろうな。ステラ、帰還の方法の見当はついているのか?」

レオンの問いに、「多分なんだけど」とステラは気を取り直す。

「星晶石にはまだまだ未知なる可能性が眠っているようだし、キミの話からして、今回の転移は星晶石が原因だと思うの」

ステラの言葉に、遊馬はぎゅっと小瓶を握りしめた。確かに、それ以外は考えられない。

「星晶石で転移？　俺は星晶石を使ってるが、そんなことは今までなかったぞ」

レオンは怪訝（けげん）な顔をする。

「それは、安定化した星晶石を兵器で制御して使っているからよ。彼が持っているのは天然の星晶石の結晶だし、見たところ純度も凄（すご）く高そうだから、条件によっては、どんな事故が起きてもおかしくないわ」

事故と聞いて、遊馬はぶるりと震える。そんな遊馬を見て、ステラは安心させるように続けた。

「大丈夫。よっぽどのことがない限り、簡単に転移したりしないはず。星晶石を採掘する鉱山では、そこまでの事故は報告されてないし」

「そう……ですか」

「話を聞く限りだと、研究所が爆発したっていうのは、星晶石の実験のせいじゃないかって思うの。過去に、似たような事故で吹っ飛んだ研究所があったしね。それで、キミがいた爆心地は星晶石の塵（ちり）の濃度が高かったんだと思う」

「あそこにも、星晶石の塵が……？」

「恐らく。この外とは、比べ物にならないほどの――ね」

声のトーンを落とすステラに、遊馬は息を呑んだ。

「そうなると、同様の高濃度のエネルギーを与えたら、状況を再現できるかもしれない。ただし、再現実験をするには、ジャンクヤードの施設じゃ足りない。規模も星晶石の備蓄量もね。グローリア本社が管理しているプラントくらいの規模ならば、何とか可能だと思うけど」

「あの規模のプラントなんて、一つしかない。となると、やることは一つか……」

レオンは、腕を組んで唸った。

都市のど真ん中に聳えているプラントにして都市の心臓部は、グローリアがきっちりと警備および管理している施設だという。

「じゃあ、グローリアっていう組織に頼むしかないんですね……」

「無理だな」

レオンはぴしゃりと言った。

「連中は限られた人間にしか手を貸さない。異世界とやらから来た人間に親切心でプラントを貸すくらいなら、ジャンクヤードなんて存在しないさ」

「それは、確かに……」

「グローリアの研究所にぶち込まれて、生かさず殺さずの状態で人体実験されるのがオチだ。お前は、外界でマスクをせずに闊歩して平気な体質だからな」

「それ！」

今度は、ステラが割り込む。

「どうして、外界で平気だったんだろう。私達と、何が違うのかな？」

「さ、さあ。そこまでは……。っていうか、どうして外に星晶石の塵が漂っているんですか？　この世界がこんな状態なのも、最初からじゃなかったんですよね？」

戸惑う遊馬に、レオンとステラは顔を見合わせた。

「どうやら、私達の世界の話をする番のようね」

ステラは、遊馬の話を聞く時とは、打って変わって沈痛な面持ちになる。レオンもまた、眉間(みけん)の皺(しわ)を増やしながらステラに続いた。

「百年近く前、この星に巨大な隕石(いんせき)が落下した」

隕石は大地をえぐり、大量の塵を巻き上げ、それが空を覆い、太陽を隠した。正確には、遊馬の世界でいう太陽に当たる天体か。

「俺は今年で二十三になるが、まともに日の光が当たった世界を見たことがない」

「そんな……」

レオンは闇に閉ざされた世界で生まれ、闇に閉ざされた世界で生きて来たのか。ステラも恐らく、それくらいの年齢だろう。そんな長い間、太陽の明るさと暖かさを感じられないなんて、遊馬には想像もつかなかった。

「植物は光合成が出来ずに枯れ、農作物が穫(と)れずに食料難になった。飼料も確保出来ないから、自然と畜産業も衰退した」

人類全体が突然の食料難に襲われ、貧しい国から飢えて消えていった。先進国は農作物の生産を植物工場に切り替え、大量の電力を欲した。

「電力は余るほどあったの。星晶石による発電が盛んになっていたからね」

ステラは、天井を仰ぎ見る。きっと、その先にあるグローリアのプラントを眺めているのだろう。

「ミラビリサイトは、資源になる……」

確か、遊馬の父もメモを残していた。

「そう。少しの星晶石でかなりの電力が得られるから、世界各国がこぞって発電所を作っていてね。星晶石の運搬はリスクが大きくてコストがかかるから、星晶石の鉱脈と採掘所と製錬所、そして発電所はセットだったの」

「でも、鉱脈って掘って行ったらいずれ尽きるんじゃあ……」

「ええ。それならば、次の鉱脈を見つけて、そこに発電所を移設した方がいい。リスクとメリットを考えると、それだけ大胆なことをしてもいいくらいだったわけ」

「そうだったんですね……」

「まあ、ほんの少しの星晶石でかなり発電できるから、そこそこの鉱脈が見つかれば長持ちするけどね」

ステラは、苦笑まじりだった。

「メリットは分かりますが、リスクって……」

「お前も見たはずだ。人体の晶石化を」

間髪を容れずに、レオンが答えた。

「星晶石の成分は、人体に対し過剰反応を起こす。そのせいで、星晶石の粉塵を体内に取り込むと、内部から晶石化してしまう。晶石化すると、本人の意識が喪われて、生ける屍のようになるんだ」

遊馬を襲い、レオンに撃たれた人達のことだ。あの侵食者と呼ばれた人達は、星晶石の粉塵を吸った成れの果てだった。

「そうなったら、もう、もとに戻る術はない。採掘をしている労働者は細心の注意を払っているが、それでも、年に何回か事故が起きる。鉱山労働者はグローリアに雇われているが、事故によって変わり果てた者達は補償をされず、研究所か壁の外行きだ」

そこに、病院という選択肢はない。研究所というのも、先ほど話題になった人体実験とやらのためだろう。

「じゃあ、僕を襲ったのは、罪人だけではなく、元採掘労働者の可能性も……」

「ああ。事故に遭った奴らもどうにか助けられないかと治療を試みたこともあったが、……苦痛を味わわせただけだった」

レオンの声が沈み、ステラがうつむく。本当に、どうしようもないのだろう。

確かに、あまりにも危険だ。だが、電力が生み出せて魔法が使えて、しかも、異界の言葉を翻訳してくれる鉱物を、手放したくない気持ちも分かる。

「つまり、アルカの周りに星晶石の塵が漂っているのは、星晶石の発電所があるからってことですか？」

「いいや」

レオンは、すぐさま首を横に振った。

「大きな隕石が降って来たって言ったろ？　そいつが、星晶石の塊だったのさ」

「なっ……！」

大地に落下した衝撃で粉々になり、粉塵は大気中に飛び散った。それが時間をかけて世界中を覆い尽くし、風に乗って街を駆け巡り、雨になって海や川を侵した。

晶石化した野生動物が人を襲ったり、内部が晶石化した水産資源を知らずに食べた人が次々と犠牲になったりした事件も各地で起きたという。

「ひどい……」

さながら、パニック映画だ。人口はあっという間に減り、無事だった人々は星晶石の発電所がある鉱山街へと逃げた。

星晶石を拒んで鉱山街を避けた人々も勿論多かったが、彼らの行方は杳として知れないという。

「星晶石によって生活が壊されたのに、星晶石に頼らないといけないなんて、皮肉ですよね……」

遊馬の言葉に、「そうね」とステラは溜息(ためいき)を吐いた。

「でも、星晶石自体が悪いわけじゃないのよ。あれはただ、自然に存在するものだからね。宇宙が出来た時に他の元素と一緒に作られて、星の奥の方に眠っている鉱物っていうだけ」

「付き合い方次第、っていうところですかね……」

遊馬達の世界もまさに、ミラビリサイトを発見し、様々な可能性を見いだして研究しているところだった。下手をすれば、レオンやステラ達の世界のようになってしまうかもしれない。

「今のエネルギーは、星晶石頼りだ。だが、埋蔵している資源はいずれ尽きる。俺達の代でなくても、その先の代でな」

レオンは、ねめつけるような目つきで言った。その視線の先には、彼が案じる未来があるのか。

「大気中の塵(ちり)は、使えないんですか?」

「塵では役に立たない。それに、星晶石の塵を排除しなくては、この世界はいずれ死ぬ。俺は一刻も早く星晶石の塵を排除して、壁の外でもマスクをせずに暮らせる世界にしたい」

アルカを囲む壁に沿って星晶石の成分を中和する装置が設置され、結界と呼ばれるバリアが展開されているため、大気中の塵はアルカの中まで入って来ないという。

その技術も、非常に高価で大がかりで限定的なため、応用が難しいそうだ。

「だから、私達アウローラは、星晶石ではなく自然が生み出し続けるエネルギーの利用を推進しているの」とステラも言った。

「アルカのあっちこっちに立っていた風車もそれですよね。すごく良いことなんじゃないですか？」

遊馬の世界だって、エネルギー問題は取り沙汰されているし、再生可能エネルギーに移行しようとしている。しかし、ステラは苦い顔をした。

「でも、グローリアは星晶石推進派なのよね。プラントも鉱山も保有しているし、そこで得られる利益は莫大だから」

「あと、風力ではまだ弱い。一基や二基建てたところで、小型のジェネレーターの代わりにもなりゃしない」

レオンもまた、苦虫をかみつぶしたような顔をしていた。

アルカの中心にはグローリア本社と巨大プラントがあるが、更に、各地区に一基ずつ小型発電機であるジェネレーターが存在している。

レオンが率いるアウローラは、そのジェネレーターを占拠して停止させ、代わりに風車を建てているという。そうすることで、アルカ全体の星晶石による発電量が減るからだそうだ。

「だが、ちまちまとジェネレーターを奪うのも、そろそろ限界だ。星晶石に代わる大規模な発電所を建てたい」

「風力発電よりも大きいのといえば、太陽光とか……。いやでも、太陽光は無理か」

「無理じゃない」

レオンは断言した。

「えっ、でも、太陽は出なくなって久しいって……」

「その太陽を取り戻すために、アウローラは動いている。白は曙たる陽光の色だ」

レオンは誇らしげに、白いマフラーに視線を落とす。ステラもまた、腕に巻いた白いバンダナを指さしてみせた。

それが、アウローラの同志の証なのだという。確かに、スバルやジャンクヤードの入り口にいた二人もつけていた。

「でも、どうやって太陽を取り戻すんですか？」

「空を覆う塵を吹き飛ばし、太陽光を得られるようにする。そうすれば、植物が育ち、豊かな大地も取り戻せる。規模によっては、太陽光発電で星晶石の中和結界を維持できるはずだ。それで、マスクをしなくてもいい場所が増える」

「塵を……吹き飛ばす？　そんなことができるんですか？」

「グローリア本社の巨大プラントを使えば、それも可能だ。巨大プラントに繋がれているエネルギー砲台が存在しているそうだしな。連中の技術に頼り、しかも、空を晴らすのに星晶石の力が必要なのは腹立たしいが」

だが、プラントは星晶石で利益を得たいグローリアが使わせてくれないだろう。説得は恐らく、彼らがとうに試みているはずだ。残る手段は、力ずくということか。

遊馬が元の世界に帰還するのにも、巨大プラントが必要らしい。そして、レオン達の目的も巨大プラントである。

「なんか、話の落としどころが見えてきた気がする……」

「察しがいいな。単刀直入に言うが、お前の力を借りたい」

「む、む、無理じゃないですか……？」

遊馬は身体能力がそれほど高くなく、星晶石の扱いも分からない。レオンが行おうとしているのは武力行使だろうが、生まれてこの方、家の中に侵入したコックローチとしか戦ったことがない。

「無理じゃない」

レオンは、再び断言した。

「お前は、俺達よりも明らかに優れたものを持っている。星晶石の塵を吸っても、晶石化しないだろう」

「あっ……！」

そうだった。アルカの外でも普通に呼吸をしていたが、身体に異常がなかったとステラは言っていた。

「それじゃあ、僕は皆さんの盾に……？」

「そんな非道なことをするか。だが、お前が元の世界に還るのを手伝う代わりに、俺達の膳立てに付き合って欲しい」

レオンはそう言って立ち上がると、部屋を出て行ってしまった。ステラは訳知り顔で、その背中を見送る。

ややあって戻って来たレオンは、布製の何かを手にしていた。それを、遊馬に向かって放り投げる。

「お前は、俺が守る。その代わり、お前は《巫女》になれ」

レオンに渡されたものを広げると、それは、ワンピースだった。民族衣装のようで、あちらこちらに独特の刺繍が施されている。清楚な純白のその衣装は、まさに巫女というのに相応しかった。

「はいいいいっ⁉」

「いい返事だ」

「いや、肯定の『はい』じゃないから！ 星晶石の翻訳がおかしい！」

遊馬は悲鳴をあげる。巫女がどうのという話は聞こえていたが、まさか、こんな風に繋がるなんて。

「巨大隕石落下っていう大災害を予言していた人が、巫女に関しての予言を残していたのよ」

ステラは、レオンをフォローするように説明した。

「予言って、どんな……」

「《世界に終末が来たる時、異界の使徒たる巫女が現れて破壊の王を止めるだろう》ってね」

「あまりにも抽象的で俺は懐疑的だったが、異界というのはお前の世界のことを指しているのかもしれないと思ってな」

レオンはまじまじと遊馬を見つめる。

「世界に終末が来たる時っていうのは、誰がどう考えても今のことだし、破壊の王っていうのはたぶん、グローリアの巨大プラントのことよね。百年前に落下した隕石のことは今更話題にしないだろうし」

「限りある資源をじゃんじゃん使っているんだったら、確かに、環境破壊の権化かもしれませんが……」

遊馬は見立てに納得する。だが、一つだけ納得がいかなかった。

「いやでも、おかしいですから。僕は男で巫女じゃないですし、巫女は僕の後に来るのかも……」

「性別なんぞ誤差の範囲だ」

レオンはバッサリと断言した。

「大きくないですか!?　実はレオンさん、意外とおおざっぱですね!?」

「それに、お前が巫女になることはお前自身にメリットがある。現在、上層のグローリア本社に乗り込む準備をしているんだが、一つ、上げたいものがある」

「上げたいものって、……なんですか？」

遊馬は恐る恐る問う。すると、レオンはこう答えた。

「士気だ。まともにぶつかり合ったら、戦力の面でこちらは圧倒的に不利だ。作戦に参加するメンバーの中には、恐れを抱いている奴もいるだろう。そういう奴の恐れを、少しでも払拭(ふっしょく)したい」

「僕に、その役割が務まりますかね」

「務めて貰(もら)わなくては困る。そうじゃなきゃ、お前の帰り道も作れない。それに、この世界ではギブアンドテイクが基本だからな」

「僕の世界でも……そうです」

何の見返りもなく元の世界に還してくれなんて、虫が良すぎる。レオン達は自らのことで精いっぱいだし、ここは協力するのが筋だろうと遊馬は思った。

「ただ、士気はいいとして、予言の方は成就出来ないのでは……。巫女服を着ても、中身は男ですし」

「予言なんて、ゲン担ぎみたいなものだ。道を切り開くのは、俺達の力だ」

「それに、女子が巫女になったっていう予言じゃないし、男子が巫女になってもいいでしょ。必要なのは、巫女っていう概念だし」

ステラは、さらりとそう言った。

「なんという一休さん……」

レオンとステラは顔を見合わせた。どうやら、頓智の名手である一休さんに該当する言葉はなかったらしい。

慄く遊馬に、レオンとステラは顔を見合わせた。

「なんにせよ、巫女には生き残ってもらわなきゃならん。俺がそばにいる時は守ってやれるが、そうでない時はどうするか……」

レオンは眉間に皺を刻み込みながら考える。

「壁の中は安全じゃないんですか？」

「完全に安全とは言い難いな。たまに、どこからか入って来た侵食者が現れることもあるしな」

「ひえっ」

遊馬は短い悲鳴をあげた。

「まあ、まれだが。しかし、多少は身を守れた方がいいだろう。戦闘の経験は？　演習でもいい」

「な、ないです」

「では、武術は？」

「や、やってないです」

絶望的だ。お荷物が一つ増えただけだ。

遊馬はあまりの申し訳なさに、頭を抱える。最早、巫女のふりをしたからといって埋め合わせは出来ない。

「でも、呑み込みは早いじゃない。エーテル・ドライブを使いこなせるかも」

ステラはにっこりと微笑む。

「エーテル・ドライブって、レオンさんが持っていた銃みたいなやつですよね。日本住まいですし、サバゲーマーでもないので銃の扱いはちょっと……」

「ガンタイプ以外にもあるから。ブレードタイプとかね。でも、キミにはシールドタイプかな。グローリアの第三格納庫で見つかった試作機があったはず。調整が必要だからって放置してたけど、キミのために調整しちゃうわ」

「すいません、僕のために……」

「お前が無事なのが、俺達のためにもなる」

レオンの言葉が、遊馬の申し訳なさを軽くする。ぶっきらぼうな物言いの彼だが、細かい配慮が有り難かった。

「だけど、いいんですか？　そんな貴重なもの、前線に立つ人達が持っていた方がいいんじゃあ……」

グローリアに乗り込むのは、レオンだけではないはずだ。だが、レオンは首を横に振った。

「エーテル・ドライブのエネルギー源は星晶石だからな。そいつを使うのに抵抗がある奴が多いのさ。リスクは低くなっているが、全くないとも言えないしな」

「その点、キミは星晶石のデメリットがないから、問題ないけど」

　ステラに、ぽんと肩を叩かれる。精神的な抵抗や肉体的なデメリットもない遊馬だからこそ、勧められたということか。

「改めて、宜しく頼む。異界の巫女よ」

　レオンにまっすぐ見つめられ、「善処します……」と遊馬は覚悟を決めた。

「あと、その喋り方はどうにかならないか？　お前がいた世界の文化のせいなんだろうが、妙に改まっていて収まりが悪い」

「あっ、もしかしてタメ口を要求されてる……⁉」

「俺のことは『レオン』でいい。敬称もいらなければ、改まった言葉を使う必要もない」

「あと、私は『ステラ』でいいからね」と、ステラも手をひらひらさせる。

「分かりました……じゃなくて、分かったよ、レオン、ステラ」

「よろしくな、ユマ」

　レオンはほのかな笑みを浮かべ、遊馬の名前を呼ぶ。

　先ほどまで張り詰めたような表情をしていたレオンだが、彼の唇に乗せられた遊馬の名には穏やかさすら感じられた。

　きっと、親しいものに向ける姿なのだろう。

　それを見た遊馬は、レオンとの距離がぐっと縮まった気がする。

「頑張ろうね、ユマ」とステラもまた、弾けんばかりの笑顔をくれる。

彼らと繋(つな)がった絆(きずな)が、とても頼もしく感じた。

遊馬は未(いま)だに、実は自分は研究所跡で気絶をしているだけで、これは夢なのではないかと疑ってしまう。

だが、ざらついた空気とほんのわずかな息苦しさが、それが現実のものだと実感させる。

とにかく今は、《巫女(みこ)》となることでアウローラの士気を上げ、彼らを手伝うことで自らの帰還に繋げなくては。

今ごろ、自分がいた世界はどうなっているのだろうか。

友人や母の顔を思い出しつつ、遊馬は再び彼らの顔を見られるよう、暗雲の向こうに祈ったのであった。

EPISODE 02
フォール・イン・マイン

ジャンクヤードの一角に、廃棄された資材を寄せ集めて作った建物があった。他のバラックよりも大きく、金属の廃材で固められた堅牢な造りだった。どうやらそこは、アウローラの集会所らしい。

日没後に、レオンはすぐさま彼らを集めた。

アウローラは鉱山労働者が中心になって結成されているというのは本当のようで、筋骨隆々の男性が目立った。その中に、チラホラと逞しい女性も交じる。あとは、彼らの家族と思しき女性と子供、そして老人もいた。

労働者と思しき人達の中には、四肢のいずれかが義手や義足になっている者も目立つ。

「採掘事故で失ったんだ」とレオンは痛々しい顔をしながら、遊馬に教えてくれた。

鉱山労働者ではなさそうな人も見受けられたが、難民であったりジャンクヤードに追放されたりした者達だという。

彼らは皆、白いバンダナを巻いていた。アウローラの同志であり、曙の光を取り戻そうという決意の表れだ。

「聞いてくれ!」

集会所に溢れんばかりに集まった人達に、レオンは声を張りあげる。

彼の凛(りん)とした声は、マイクを使っていないというのに獅子(しし)の咆哮(ほうこう)のようによく響き、人々は背筋を伸ばした。

「時は満ちた。今こそ、星晶石に依存し続けるグローリアを討ち、星とともに真の繁栄の道を歩む時が来たのだという天命が下りた！」

レオンの言葉に、一同はざわつく。採掘作業で疲れ切っていた彼らの表情に、一筋の光が差したように見えた。

「《異界の巫女》が現れた。彼女が、我々を勝利へと導いてくれるだろう！」

レオンは右手を高々と上げる。それが、合図だ。

「ほら、頑張って」

物陰に隠れて様子を見ていたステラは、遊馬の背中を押す。遊馬はよろめくものの、何とか姿勢を正して歩き出した。

レオンの横、すなわち、人々の前へ。

「《異界の巫女》ユマだ」

レオンの紹介に、遊馬は遠慮がちにワンピースのスカート部分を摘まみ、ぺこりとお辞儀をしてみせる。

（これでいいのかな……？　女の子の仕草なんてわからないよ。ステラは、そういうのサッパリだっていうし……）

自分がプレイしていたゲームに登場した女性キャラクターの仕草を思い出しながら、

遊馬は必死になって笑顔を作る。

（ううう……。男だってバレたらどうしよう。作戦失敗したらレオンにも悪いし、そもそも、僕も還れなくなるし……）

レオンがグローリアを攻略してくれなければ、遊馬も元の世界に還る手立てはない。

それに、自分を助けてくれたレオンには、何らかの形で恩返しもしたかった。

遊馬は精いっぱい、アウローラの人々に愛嬌を振りまいてみせる。その中にはケビンの姿も見えて、何とも気まずかった。

遊馬が挨拶をした途端、集会所はしんと静まり返る。スカートを摘まむ手は汗まみれになった。

もしかして、失敗しただろうか。

遊馬の胸に嫌な予感が過ぎる。

だが、次の瞬間、集会所の人々がどっと沸いた。

「巫女だ！　ついに現れたんだ！」

「昔話のお姫様みたいじゃねぇか。妖精の国からやって来たのか？」

「こんなに美しい巫女さんがついてるなら、俺達はやれるぜ！」

好評だった。

男性達は大盛り上がりし、女性達も好意的にこちらを見つめている。ケビンなんて、遊馬を見つめてぼんやりと突っ立っていた。

（ええ……、なんだこれ）

遊馬はドン引きだった。

物資が少ないせいで、化粧道具も古い口紅くらいしかなかった。ウイッグもミディアムショートのものしかなく、いつもの自分とあまり代わり映えがしないというのに。

そんな中、唯一真顔のレオンは、指を三本立てた。

「作戦開始まで、残り三日になる。各班、最終チェックを怠るな。予定通り、四日目になったと同時に作戦を開始する」

その作戦の目的とは、上層部へ続くエレベーターの確保である。

要塞（ようさい）都市アルカは上に延びているため、上層に行くにはエレベーターや階段が必要になる。

遊馬がいる下層から中層までは、中層の住民の協力もあって隠し階段が作られているが、中層から上層に行くには、警備が厳しい専用エレベーターを通る必要があるそうだ。

その警備を排除し、エレベーターを占領して、進路を確保するというのである。

警備は厳重なので、陽動班が中層で騒ぎを起こして注意を引くという。手薄になったところで、レオンら突入班がエレベーターを攻略するとのことだった。

「中層にも、アウローラの人がいるの？」

遊馬が遠慮がちに問いかけると、レオンは「まあな」と答えた。

「アルカは三層になっているが、大きく分けると二層なんだ。グローリアを始めとした資本家や管理者、研究者達がいるのが上層。それより下は、基本的に労働者の集まりだ。中層と呼ばれている階層にいるほとんどの連中は、ホワイトカラーだけどな」

その中層は、上層行きのエレベーターを中心に、六つの区画に分かれているという。

それぞれに小型の発電施設たるジェネレーターが設置されており、上中層各居住区の電力を賄っているそうだ。

「あれ？　メインプラントで発電しているんじゃあ……」

「あれは、都市全体を維持するための電力を生み出しているんだ。公共施設とか、結界として機能している中和装置とかな」

それらに比べたら、居住区の電力は微々たるものだという。

「だが、ジェネレーターもプラントも、大きな恩恵があるが大きなリスクがある。事故が起きて星晶石の塵がばら撒かれれば、周辺の住民はただでは済まない」

実際に、それが原因で閉鎖された区域があるという。塵を吸った者の末路を、遊馬はレオンと出会う前に見ていた。

「中層にジェネレーターがあって、中層と上層の電力を賄っているってことは、ジェネレーターが事故を起こしても、上層にリスクがないってこと？」

「星晶石の塵は、基本的に大気よりも重くて下に滞留する。下に行くほどリスクが高く、上に行くほどリスクが低い。天まで舞い上がっちまったやつは、なかなか落ちて来ないけどな」

レオンは突っぱねるように言った。

「それじゃあ、不公平だよね……。だから、中層の人も上層やグローリアをよく思ってないのか……」

「そういうことだ。俺達が占拠した地区のジェネレーターは停止させ、風車を建てて風の力で発電をしている。騒音問題と不安定で発電力が低いというのがあるが、リスクは少ない」

風力発電のメリットとデメリットは、遊馬も知るところであった。

やはり、空を覆う暗雲を消し去って太陽光発電を導入した方が良さそうだ。太陽が出れば有り余る土地を使って作物も育てられるだろうし、資源問題も解決して一石二鳥だろう。

「風力発電は一時的な措置って感じなんだね。やっぱり、必要なのは太陽なんだ……」

レオンはぽんと遊馬の肩を叩く。

「異界の巫女殿にもご理解いただけたようで何よりだ」

遊馬は自分の立場を思い出し、慌てて姿勢を正した。

レオンもまた、人々に向き直る。

「三日後に、またここに集まってくれ。そこで、最後の集会を行う。——人類に光を！」

「人類に光を！」

人々は誓いの言葉を口にしてから、解散となった。

彼らの背を見送りながら、「上手く行ったな」とレオンは小声で言った。

「……正直、上手く行きすぎて自信を無くすというか」

主に、男として。

遊馬はスカートを摘まみつつ、ガックリとうなだれた。

「いいじゃない。可愛かったし」

ステラは物陰からひょっこりと顔を出し、軽い足取りでやって来た。

「っていうか、ステラはどうして隠れてたの？」

「本来はみんなと一緒に話を聞くところなんだけど、みんなと並んでたら、みんなの反応が見えないでしょ」

ステラはニヤニヤと笑っている。どうやら、住民達の反応を窺いたかったらしい。

そんなステラに、遊馬は溜息を吐いた。

「意外とSっ気があるというか……。まあ、これで上手く行きそうならいいんだけど」

「上手く行くかどうか、俺達次第だな。お前は膳立てをしてくれたわけだ。感謝する」

レオンは遊馬と向き合う。彼の力強い手が、握手を求めるように伸ばされた。

遊馬もそれに応じようとしたその時、わっと人々が周りを囲んだ。

「巫女さん、あんた、異界から来たって本当か？」

「肌が綺麗だねぇ。お姫様だったのかい？」

「異界はどんなところなんだ？　やっぱり、太陽がまぶしいのか？」

レオンの手はあっという間に彼らに呑まれ、遊馬は握手するタイミングを失った。

「えっ、あっ、その……」

男性も女性も、こぞって遊馬を質問攻めにする。一つ一つ答えようと試みたものの、矢継ぎ早に向けられるので目が回ってきた。

「あの、もう少しゆっくり……」

彼らを制止しようとした瞬間、掲げた手がぎゅっと握られた。

「まさか、君が巫女だったとはね。君がジャンクヤードにやって来た時、俺は天使が舞い降りたかと思ったんだ。天使なんて大昔のおとぎ話の存在だと思っていたのに、君がおとぎ話を現実にしたんだ……」

熱っぽく遊馬に語るのは、ケビンだった。彼の瞳は星のように煌めいていて、その輝きで遊馬を包み込もうとしている。

「ひえっ……」

「おい、ユマは慣れない地で疲れているんだ。あまり構ってやるな」

見かねたレオンが、遊馬とケビンの間に割って入った。レオンに気圧されるかと思いきや、ケビンは食い下がる。

「慣れない地だからこそ、俺が案内してやるぜ！　レオンは準備で忙しいだろうし、観光案内は俺に任せてくれよ」

「……監視塔の仕事も忙しいだろう」

「それはまあ、別のやつに代わってもらうってことで。交代のシフトをずらせばいけるいける」

ケビンは、どうあっても遊馬を案内したいらしい。

レオンは眉間を揉み、天井を仰いで唸り、最終的に遊馬へと委ねた。

「お前はどうしたい」

「ま、まずは休みたいかな……。あとは、何か手伝えればいいと思って」

足手纏いにならなければ、と遊馬は遠慮がちに言う。

「お前がそこまでする必要は――」

「くうう、健気な巫女様だぜ……！　君は何もする必要はないっていうのに」

レオンの言葉を遮り、ケビンは目頭を押さえる。

「でも、持ちつ持たれつって感じだからさ。それに、この世界に少しでも慣れたいし」

世界のルールがわからなければ、身を守れないこともあるかもしれない。世界のルールがわかれば、切り開けるものがあるかもしれない。

遊馬は、全てをレオンに任せる気はなかった。巫女という飾りとして動かしてもらうのではなく、自分の意思で動きたかった。

遊馬の決意を汲み取ったのか、レオンも行動を強制しようとはしなかった。

「お前がそう言うなら……。だが、何を手伝ってもらうべきか。戦争がない世界からやって来たのなら、兵器の準備も難しいしな」

「戦争がない世界⁉」

ケビンを始めとした人々は、目を剝いて驚いた。

「あ、いや、戦争自体はあるよ。でも、僕がいた国は過去にやった大きな戦争をきっかけに、積極的に戦争をしないような国になってたから……」

「へぇ……、先人が色々と苦労したんだろうな。でも、戦争をしないようにするって、立派なことだと思うぜ」

ケビン達は、感心した眼差しで遊馬を見つめる。遊馬はむず痒い気持ちでその視線を受けていた。

「それにしても、ユマの一人称はボーイッシュだな」

「ひぃ」

思わず、いつものように「僕」と言ってしまった。

青ざめた顔でレオンとステラへと目配せをするが、レオンは問題ないと言わんばかりに頷き、ステラはなぜかサムズアップをしていた。ケビンもたいして気にしていないのか、「まあ、そこがいいんだけど」と表情を緩めていた。

遊馬は気を取り直して、話を戻す。

「戦闘に関しては全然ですけど、多少の肉体労働ならばなんとか……」

「肉体労働って言ったって、その細腕に無理はさせられんさ」

ケビンの背後から、無精ひげを生やした男がぬっと現れる。

気だるげな二枚目のシグルドだ。隣では、スバルが尻尾を振っていた。

「ここでの主な肉体労働といったら、この世で一番危険な仕事——すなわち、星晶石の採掘だしな」

「星晶石の採掘……！　ということは、坑道に星晶石の原石が埋まっているってことですか？」

「埋まっているっていうか、顔を出しているという感じだな」

遊馬は、服越しにポケットの中の小瓶を握りしめる。

遊馬が持っている欠片では、ミラビリサイトこと星晶石の産状がわからなかったが、採掘ではそれを目の当たりに出来るはずだ。遊馬は純粋に、興味があった。

一方、シグルドは渋い顔をする。

「言っておくが、事故で死んだ奴は数知れないぜ。勿論、坑道の崩落よりも、星晶石に中てられちまって戻って来なくなった奴の方が多い」

防塵マスクも万全ではなく、星晶石の塵を吸って異形の者となり、処分されたり、坑道の奥へと消えてしまったりした人がいるらしい。

「それなら、僕は多少お手伝いできるかもしれません。掘る技術と腕力はないんですけど、鉱石を運ぶお手伝いならなんとか……」

「馬鹿言っちゃいけない。大事な巫女さんを、星晶石の塵だらけの坑道に連れて行けるかってんだ」

シグルドはやんわりと、だが、咎めるような声色で言った。

しかし、レオンとステラはハッとして顔を見合わせる。

「いや。意外といけるかもしれないな」

「レオン……！」

「巫女は、星晶石の塵に侵されない」

非難めいた眼差しだったシグルドは、驚いたような顔で遊馬を見やる。

「星晶石の塵を吸っても、平気なのか？」

「え、ええ。マスク無しで外にいましたけど、なんとか」

シグルドは、ケビンや仲間達と顔を見合わせる。スバルは尻尾を振りながら、レオンに同意するように「ワン！」と鳴いた。

「こいつは凄いな。本当に奇跡の巫女じゃないか……。俺達を恐怖させる星晶石の塵が、単なる粉塵と変わらないって？」

「アウローラの巫女――いや、守り神だな……」

彼らから向けられる視線は、期待から畏怖へと変化する。星晶石の塵が害でない理由はわからなかったため、遊馬は何とも居心地が悪かった。

「それなら、トロッコの操作なんてどうだ？　あれならばそれほど腕力はいらないし、巫女さんがトロッコで往復してくれれば、採掘の効率も上がるしな。そうすれば、俺達は早くノルマを終えて、戦いの準備が出来るってもんだ」

「じゃあ、それで」

彼らは普段、グローリアから指示された量の星晶石を採掘しなくてはいけないという。ノルマをクリアしなければ賃金が支払われず、残業を余儀なくされる。しかも、リスクが大きい割には保険となるものがないそうだ。

「当初は、そこまで無理なノルマは課せられていなかったんだ。だが、あれよあれよというちにノルマが増えてな。その割には、給料は上がらない」

「鉱山労働のサービス残業はひどいですね……。それは確かに、雇用主に反旗を翻したくもなる……」

「まあ、グローリア自体も上手く行ってないのかもしれないな。締め付けすぎれば離反するというのは、あそこの社長も予想していないことじゃないだろうし」

シグルドは肩をすくめた。

「社長の横暴を訴えるっていうのは……」

遊馬の提案に、シグルドたちは首を横に振った。

「社長のオウル・クルーガーがアルカの実質的な支配者だから、そんなことをしても揉み消されるだけさ。この街はそもそも、鉱山街に寄り集まった難民で作られたようなもんだからな。鉱山を保有している会社のお偉いさんが実権を握るのも仕方がない」

「それで、グローリアが新政府状態なんですね……」

遊馬は納得すると同時に、ため息を吐いた。そこに、更にシグルドのため息が重なる。

「前社長の頃が懐かしいぜ。あの頃は、残業代だって出たし、賃金ももう少し高かった。保険だってあったしな」

「社長、代替わりしたんですか？」

「ああ。オウルは前社長の息子だ。前社長は結構前から病気を患っていたらしく、息子に席を譲ったんだ。だが、その息子がなぁ……」

「難民を締め出しているのも、あいつの仕業だしな」

ケビンは外界の干渉を退ける壁の方を見やりながら、うんざりした顔をする。

「どうして、難民を締め出すようになったんでしょう……」

「物資が不足してるからって理由らしいけど、難民を嫌っているようにしか見えないんだよな」

ケビンは、吐き捨てるように言った。

「上層の警備が厳しくなったのも、オウルに交代してからだ。エーテル・ドライブの開発にも力を入れているようだし、今後は更に厳重になるかもしれないな」

レオンは苦虫を嚙み潰したような顔をする。

「そうだ。その警備の動きをシミュレートしたいから、もう一回作戦を確認したいんだが」

「ああ、わかった」

シグルドに言われ、レオンは集会所の奥にある引き出しの鍵を開け、何やら探し始める。

「ん?」

「どうしたんだ?」

「いや、潜入ルートを記した地図がないな。シグルド、知らないか?」

「知らないな。最後に見た時は、その中に入れたはずだぜ」

「誰かが借りているとか……」と遊馬が口を挟むが、皆はお互いに顔を見合わせるだけだった。どうやら、心当たりがないらしい。

「まあ、いい。ルートは頭に入っているから、新しく書き起こそう。もしかしたら、俺が研究所に置きっ放しにしているかもしれない」

「レオンは忙しいしな。そういうこともあるさ」

苦々しげな表情のレオンを、シグルドは苦笑を交えつつもフォローする。

「あんなもん、上に漏れたら作戦の意味がなくなるだろ。気を引き締めないと……」

「ジャンクヤードの中は人目が多いし、見慣れない奴がうろついていたら目立つさ」

「それもそうか……」

レオンはシグルドの言葉に納得する。

見慣れない奴が目立つというのは、遊馬はその身をもって実感していた。

そんな遊馬の方を、シグルドが振り向く。

「そう言えばあんた、ステラのところで世話になるのか?」

「オーケー。うちのカミさんの料理は最高だから、おすそ分けに行くよ」

シグルドの大きな手が、遊馬の肩をポンと叩く。

その手のひらは固く、温かかった。遊馬はもう、見慣れない余所者ではないのだと言っているようだった。

「ええ、一応……」

「それじゃあ、俺は明日の朝に行くよ。坑道前まで、案内するからさ」

ケビンは親指で自分を指し、ずいっと自己主張する。遊馬は「お願いします、ケビンさん」と彼の厚意に甘えることにした。

「ケビンでいいってば！あと、すごい丁寧なしゃべり方だよな。そういうのはいいって。おとぎ話の貴族じゃないんだから！」

ケビンは、遊馬の背中を遠慮なく叩いてみせる。やはり、アルカにおいて丁寧語は不要らしい。

遊馬はなんとか愛想笑いをしながら、「うん、わかった……」と頷いた。

なかなか慣れないが、彼らと打ち解けるためには善処しなくては。出来る範囲で、少しずつ。

明日の方針が決まったところで、ケビン達も集会所を後にした。

遊馬もまた、レオンとともにステラの研究所に戻る。ステラの研究所には仮眠室がいくつかあり、その一室を遊馬に貸してくれるらしい。レオンも、その中の一室を使っているということだった。

「あれ、レオンの家は……？」

「ない。俺は身分を捨てたはぐれ者だからな。アウローラにそういう連中は多くいるし、そういうやつは廃材で簡単な家を建ててしまうが、そんな時間もなかなか取れなくてね」

「忙しそうだしね……」

「私も同じようなものよ。この場所は、アルカがただの鉱山街だった時に稼働していた研究所を再利用してるだけ」

研究所の機材だらけの部屋で、何やら装置を弄り回しながら、ステラは言った。

「レオンの部屋は広いし、ユマはそっちを使ってもいいんじゃない？　一人だと、慣れない土地に来たせいでホームシックになるかもだし」

「僕はそんなにヤワでは……」

ないとは言えなかった。

父を亡くし、異世界にやってきて、都市の覇権を巡る争いに巻き込まれる。そんな怒濤の出来事の連続で、一時的に麻痺しているだけかもしれなかった。

一人になった時が怖い。受け入れていたものが、受け入れられなくなってしまいそうだから。

「俺は構わない」

レオンは、何ということもないように言った。

「でも、レオンのプライバシーは……」

「俺はそれほど気にしない。それに、巫女にパニックになられても困る」

巫女のメンタルケアもリーダーの役目ということか。

「まあ、私の部屋がいいなら、別に構わないけど」

ステラは、けろっとした顔でとんでもないことを言った。

「いいえ、レオンで！」

「あはは。そんなに慌てないでよ。そもそも、私は研究室にこもりっきりだから、あんまり部屋に帰らないし、結局、一人にさせちゃうしね」

ステラは手にした装置のねじをドライバーで締めると、「よし」と額の汗を拭った。

「はい。調整終わった」

「これは、なに？」

遊馬に渡されたのは、バングルだった。ただし、機械が連なっており、装飾品ではなく装置であることは明らかであった。

「エーテル・ドライブ。星晶石を利用した特殊兵器。レオンも持ってるやつね」

ステラに言われ、レオンはコートをめくって、ホルスターに収められたやけにごつい二丁の銃を見せる。厳めしく大袈裟に見えるのは、装置がついているからだった。

「製錬された星晶石を投入することにより、エーテルと反応を引き起こさせ、それによって得られたエネルギーで標的を破壊するというものだ」

「僕を侵食者から救ってくれた時の、魔法みたいなやつのことだよね」

「魔法、か。確かに、そう見えるかもしれないな。実際、エーテル・ドライブが発明された時、誰もが魔法だと思ったわけだから」

遊馬には魔法に見えるそれも、日常になってしまった彼らにとってはもう、生活の一部なのだろう。

「星晶石を使うって、危なくないの？」

「リスクは多少あるが、利用するのは製錬されたものだ。大気中に舞っているものや、鉱石とは違う。比較的、安定したものだな」

レオンは銃を手にすると、弾倉から弾丸のようなものを取り出してみせる。それはゆっくりと時間をかけて輝きが変化する、成形された石だった。

「この輝き、たしかに星晶石だ……」

「あまり直視すると目に悪い。まあ、巫女には関係ないかもしれないが」

レオンは、慣れた仕草で星晶石を弾倉にしまい直した。

「エーテル・ドライブの破壊力は、通常兵器の比ではない。あまりの破壊力と非人道的な被害を出したため、一部の兵器は製造が中止されたくらいだ。オウルはまた、そいつに力を入れているらしいがな」

「そんな貴重なものが、ここに……？」

「グローリアが保有していたのを強奪したんだ」

グローリアですら、一部の人間しかエーテル・ドライブの使用許可はおりていないという。そういう意味では、レオンの双銃は大きな戦力だった。

「これ、使ってみて」

ステラは、遊馬に球状の星晶石を幾つか手渡す。バングル状の装置には、投入口があった。

ステラに指示されるままに、星晶石をその中へと入れて、装置のパネルを操作する。

すると、ブゥンと独特の重低音が響き、光の盾が展開された。

「わっ」

「調整成功ってところね。回収した時は不具合だらけだったから、どうかと思ったんだけど」

ぼんやりと虹色に光るバックラーを見て、ステラは満足そうに笑った。光越しに、レオンも深々と頷いている。

「すごい……。完全に魔法だ……」

「万が一の時は、それを展開して自分の身を守ってくれ。俺もお前を守るようにするが、万全というわけじゃない」

レオンは机の上にあったスパナをむんずと摑むと、遊馬を目掛けて投げつけた。

「ひゃっ！」

遊馬は慌ててバックラーで身を守り、ギィンという重々しい音を立てながらバックラーはスパナを弾く。

「うまい、うまい！」

ステラは飛び跳ねながら喜んでいた。スパナは、遊馬の足元に転がった。

「えっ、今、弾いた？」

「ああ。反射神経はそこそこだな。問題ないだろう」

もう切っていいぞ、とスパナを投げた張本人は涼しい顔をした。

「あ、そうそう。エーテル・ドライブが発動すると、星晶石を消費するからね。使わない時は切っておいた方がいいよ」

「あっ、はい！」

遊馬はステラに指示されるままに、パネルを操作してスイッチを切った。光のバックラーは、羽音のような音を立てながら消えていった。

気付いた時には、胸が高鳴っていた。魔法のような技術を目の前にして、高揚しているのだ。

「なんか、すごい……！」

「おっ、気に入ったみたいね。よかった、よかった」

「帰還する時には返却しろよ。こちらの技術を平和な世界に流出させたくない」

ステラは適応した遊馬に喜び、レオンは興奮した遊馬を冷静にさせた。

エーテル・ドライブの使い方を教わった遊馬は、ようやく夕食にありつけることとなった。といっても、研究所に食堂はなく、会議室と思しき部屋で三人集まって食事をするだけだが。

シグルドは、約束通り妻が作ったというスープを持って来てくれた。スープの中にはジャガイモとニンジンと玉ねぎがゴロゴロと入っていて、コンソメの香りが漂っていた。きっとそれらの野菜や調味料も、遊馬の世界と同じような進化を遂げたものなのだろう。だが、やはり違いもあって、ニンジンは色味がやや淡く、コンソメはやけにコクがあった。

他にも、ケビン達もあれこれと世話を焼いて食べ物を持って来てくれた。その匂いにつられたのか、スバルも会議室までやってきて、レオンの足元にまとわりつく。

レオンが干し肉をスバルにくれてやると、スバルは嬉しそうに尻尾を振って、レオンの周りをグルグルと回った。

スバルはジャンクヤードに迷い込んだ犬とのことで、主にシグルドとレオンで面倒を見、探索に同行させているという。星晶石の影響をあまり受けないスバルは、彼らにとって大きな戦力となるらしい。

「いやー、ペーストフード以外食べたの、久しぶりだわ」

ステラはスープにゴロゴロ入った具材を噛み締めながら、感極まるように言った。

「巫女さまさまよね。ありがと、ユマ」

「えっ、ステラは普段どんな食事をしてるの……？」

「食べ物をペースト状にしたやつを食べてるの。安いし下層にも流通しているし、入手が楽なのよね。あっ、栄養はあるから安心して。人気はないけど」

人気がないのは美味しそうじゃないからでは、という感想を遊馬は呑み込んだ。

「調理が面倒だからと言ってペーストフードばかり食ってたら、顎の力がなくなるぞ」

レオンは、ケビンが持って来てくれたハンバーグに齧りつきながら言う。

「そういうレオンだって、普段は干し肉ばっかり食べてるじゃない」

「水耕栽培の野菜は、どうも馴染めなくてな。仲間が調理したものは美味いが」

レオンは、スープに沈むジャガイモにフォークを突きさし、物言いたげに見つめる。

「また、土で農業が出来るようになればいいな」

「太陽を取り戻せても、土壌がちょっと心配よねぇ」

ステラもため息まじりだ。

「お前のところは、どうやって野菜を作っているんだ？」

レオンはいきなり、遊馬に質問を投げかけた。

「僕のところは土が主かな。水耕栽培もやってるみたいだけど、土を耕して畑を作って野菜や果物を育てるのがほとんどって感じ」

「そうか……」

レオンは、深い溜息を吐いた。

「な、なにか？」

「いや。いっそのこと、俺達がお前達の世界に行けたらいいのかもしれないな。お前達の世界には、俺達が望む太陽もあるし」

「う、うーん、それは……」

確かに、そうかもしれない。

遊馬は自分の世界が特別素晴らしいと思ったことはなかったが、大地が乾き大気中に危険な塵が舞い、太陽の光がろくに射さず、一企業に搾取されている世界よりはましだ。

「特に、レオンはね」

ステラはぽつりと言った。レオンはステラをねめつける。

「えっ、どうして？」

「レオンは――」

「別に、何でもない」

ステラの言葉を、レオンが遮る。聞かれたくないことなんだろうかと、遊馬は察した。

「そ、そうだ。レオンはどうしてリーダーに？」

遊馬は、とっさに話題を切り替えた。だが、レオンは遊馬の方を一瞥もせずに答えた。

「俺がリーダーになっているのは、たまたま俺が一番殺していて、そこに人が集まったっていうだけさ」

「殺してって……グローリアを？」

「侵食者も」

すなわち、敵のみならず、星晶石に侵された人々も。

こともなげに言うレオンであったが、彼の目は遥(はる)か遠くを見ているようだった。

眼差(まなざ)しは荒れ果てた大地のように乾いていたが、自らが命を奪った者に対して無関心になっているわけではないようだった。

彼の瞳(ひとみ)の奥に、隠されたような輝きが見える。それは、自分が奪わざるを得なかった者達への哀悼の意か。

「戦争っていうのは、一番殺したやつが英雄だ。俺が担ぎ上げられているのはそういうことだ。俺の手は汚れている。平和な世界から来たお前にとって、それが忌避すべきものであったのなら、部屋替えをしてやる」

レオンの言葉には、自嘲(じちょう)の響きがあった。だが、「レオンが支持されてるのは、そこじゃないと思うんだけどね」とステラは苦笑していた。

（僕も、そう思う。みんなきっと、レオンの人柄に惹(ひ)かれているんだ）

遊馬にとって、それだけはハッキリしていた。

集会所でレオンに向けられた人々の目は、希望に満ちていた。それは、屍(しかばね)の山を評価しているようには見えなかった。

レオンにも、何か大きな事情があるのだろう。もどかしさを胸にする遊馬に、「クゥン」とスバルがすり寄る。慰めてくれているのだろうか。

遊馬はスバルをひと撫でると、スバルは嬉しそうに目を細めた。

「それにしても、一時的にとはいえ、邪魔をしてごめん」

「なにが？」

ステラとレオンは首を傾げる。

「いや、ここに二人で暮らしているみたいだし……」

ステラはレオンと顔を見合わせ、「ああ」と合点がいったようだった。

「気にしないで。レオンは甥っ子みたいなものだから」

「甥っ子……？」

「ステラは俺の父と共同研究をしていた仲で、長い付き合いなだけだ」

レオンは素っ気なくそう言った。

「へぇ、お父さんと……。って、ええ⁉」

何歳⁉　という質問は、喉から出る寸前で止めてみせた。目の前でピースサインをしてみせるステラは、成人して数年と思しきレオンよりも多少年上という風にしか見えない。

それはともかく、レオンとステラの関係が家族に近いようなものだったとは。

（そうなると、一家団欒かぁ）

レオンとステラ、そして、遊馬の隣によりそい、尻尾を振っているスバルを見やる。

そんなスバルを見る眼差しは、レオンもステラも温かかった。スバルと一緒にそんな視線を浴びている遊馬も、彼らの家族になっているような気がした。

こんな風に何人かで食卓を囲むなんて、最後にしたのはいつだろう。母と食事をすることは多かったけれど、父が一緒だったのは数えるほどだった。父はずっと研究に没頭していたから——。

(もしかしたら、レオン自身はアウローラの人を家族みたいに大事にしているのかも。だから、沢山戦えるんだろうな……)

守りたいもののため、手を汚すことも厭わないのだろう。だが、そのたびに積み重ねられる罪悪感の方が気になった。

悲願を達成した後、レオンはどうなってしまうのだろうか。

遊馬はいつの間にか、自分の帰還よりもレオンのことを考えていたのであった。

食事を終えた遊馬はレオンに連れられて、おすそ分けをしてくれた人達に洗った食器を返しにいく。

シグルドは、廃棄されたコンテナを改造した家に住んでいた。

「よく来たな。食器なんざ、明日返してくれてもいいのに、律義なものだぜ」

「そういうわけにもいかないだろ。皿一枚だって、大事な財産だろうし」

「それもそうだが、俺達にとっては、リーダーと巫女さんの方が大事な財産だがね」

シグルドは軽く片目をつぶってみせた。

意外と、ケビンよりもキザなのかもしれないと思いつつ、遊馬は愛想笑いを返す。

「あらあら。リーダーと巫女様が直々に返しに来てくれたの？　お手間をとらせちゃったかしら」

奥の方から、シグルドの妻が二人の子供にまとわりつかれながら顔を出す。彼らは明るい笑顔で遊馬達を迎えてくれた。

「あの、有り難う御座いました。とてもおいしかったです」

「気にしないで。お腹がすいたら、いつでも来てね」

シグルドの妻は優しく微笑む。

「そ、それはどうも……」

眩しい笑顔に、遊馬はつい、照れてしまう。

「紹介が遅れてしまったわね。私はアンナ。そして、この子達が――」

シグルドの妻――アンナは二人の子供に自己紹介を促す。彼らは、幼い男の子と女の子だった。

「あたしはジェシカ！」

女の子の方が先に、ぴょこんと手を挙げて挨拶をする。その後ろから、男の子がおずおずと顔を出した。

「ぼくは、ジョン……。よろしく……」

「よろしくね、二人とも」

遊馬は膝を折り、彼らと視線を合わせて微笑む。すると、ジョンはジェシカの背後に引っ込んでしまった。

「ありゃ、嫌われちゃったかな……」

「ちがうわ。照れてるのよ」

ジェシカはきっぱりと言った。ジョンは、余計に縮こまってしまった。

「そうなんだ？　えっと、ジェシカちゃんがお姉さんで、ジョン君が弟なのかな？」

「いいえ。あたしが妹」

「えっ、そうなの⁉　しっかりしているから、てっきり……」

遊馬は、ジェシカとジョンを見比べる。背も、ジェシカの方が少しばかり高い。

「ジョンは兄だが、病弱でね。今はだいぶ強くなったが、幼い頃は病気ばかりしていたんだ」

シグルドは、「なあ？」とジョンに同意を求める。ジョンもまた、こくんと頷いた。

「最近は、家の手伝いを積極的にしてくれるようになったのよ。買い物にも行ってくれるようになったし、助かってるわ」とアンナがフォローする。

「そうなのか。それじゃあ、今日の野菜もお前が買って来たんだな？」

シグルドが嬉しそうに微笑むが、ジョンは再びジェシカの背後に引っ込んでしまう。

「やれやれ。親にも照れるなよ」

まいったもんだ、とシグルドは後頭部を掻く。

「今日は、沢山おまけを貰ったんですって。だから、巫女様にもおすそ分けが出来たの」

アンナの言葉に、遊馬は胸をなでおろす。物資が少なそうな土地なのに、たらふく食べてしまって申し訳なかったのだ。

「おまけか。珍しいな」

「どうして？」

不思議そうなシグルドに、遊馬が問う。

「野菜なんて、今や下層の人間にとっては高級品でね。基本的には流通しないんだが、中層の商人が訳あり品をこっそり流してくれるんだ。俺達は、下層に来た訪問商人から、野菜を安値で買うことが出来るんだが……」

「訳あり品なんて、そんなに多くないですよね？」

「そうなんだ。たしか、水耕栽培で環境を管理しつつ作っているはずだしな」

「あたらしい人だったから——」

声を上げたのは、ジョンだった。

遊馬とシグルドが視線をやると、ジョンはやはりジェシカの背後に隠れようとする。

だが、ジェシカに「しっかり！」と背中を叩かれて、繰り返すように言った。

「あたらしい人だったから、これからもごひいきにって……」

「ああ、なるほど。あっちも訳ありって感じか？　まあ、グローリアに隠れて訪問商人なんぞやっているのは、訳ありの奴以外いないだろうが」

シグルドは納得したように、顎をさする。

「中層のグローリア反対派じゃないか？　支援をしたいのかもしれない」

成り行きを見守っていたレオンが口を挟む。

「あー、その線はあるな」とシグルドも同意した。

下層の人間は、基本的にグローリア反対派でアウローラに所属しているが、中層にも反対派はいるという。だが、彼らはグローリアの監視が厳しいので表立った活動が出来ず、物資や情報を提供して密かにアウローラを支援しているとのことだった。

「ジョン。今度はお父さんにも、その商人を紹介してくれ。こちらに接触を図りたいのかもしれない」

シグルドが、ジョンの頭をポンと撫でる。ジョンは、「う、うん」とぎこちなく頷いた。

その後、レオンはシグルドと明日以降の話を少しだけして、彼の家を後にする。

遊馬は別れ際に、ジェシカから「レオンとはどんなカンケイ？」「レオンに手をだしたら、あたしがゆるさないから」と笑顔で詰め寄られてしまった。

「……レオンは熱烈なファンがいるようで」

「そうなのか？」

ゲッソリする遊馬に対して、何も知らないレオンは完全に他人事だった。恐らく、ジエシカのようなレオンのファンは多いんだろうな、と遊馬は震えた。

「でも、素敵な家族だったね。仲が良さそうで、見てて温かい気持ちになったよ」

「ああ。シグルドは、アウローラにとって重要な人物でな。鉱山労働者達をまとめてくれているんだ」

「リーダーの腹心ってやつ？」

「頼りになるのは確かだ。俺の主な居場所は戦場だから、採掘作業をしているメンバーの本音が分からないこともある。そういう時、シグルドが彼らの意見を拾って来てくれるのさ」

「鉱山労働者同士、腹を割って話せるからだね」

遊馬の言葉に、「ああ」とレオンは頷いた。

「あいつも今回の作戦に参加している。何としてでも、生きて帰さなくてはいけないな」

「……うん」

シグルドは、グローリアに搾取された労働者として、そして、二児の父として戦うのだろう。家族の絆(きずな)を裂きたくないと思った遊馬は、深々と頷いた。

「まあ、俺としてはお前の方が心配だが」

「それは、善処します……」

せめて、エーテル・ドライブの使い方くらい就寝前に復習しておこうと思う。身体能力はすぐにどうにかなるものではないが、運動神経を鈍らせないためにジョギングや体操はしておこうと遊馬は心に誓った。

遊馬はレオンとともに、夜のジャンクヤードを往く。

舗装されていたであろう道路は、ほとんどが土に埋まってしまっていて、辺りには街灯すらなく、夜の闇がそのままジャンクヤードを包んでいた。

ぽつぽつと見える灯り(あか)は、それぞれの家の団欒(だんらん)の火だ。その一角に、灯りが固まっている場所があった。

「あそこは？」

「マーケットだ。寄るか？」

「うん」

「じゃあ、離れるなよ」

レオンは遊馬の肩をしっかりと抱く。二丁の銃を操る手は逞(たくま)しく、遊馬の細い肩はすんなりと包まれてしまった。

マーケットに近づくにつれて、剝(む)き出しのネオンがぎらつき、独特の臭気が強くなる。そのにおいの正体を悟った瞬間、どうしてレオンが自分をしっかりと抱きよせたのか腑(ふ)に落ちた。

「これ、お酒？」

「ああ。正規の嗜好(しこう)品の流通はとうに途切れたから、これは密造酒だ」

レオンはこともなげに言って、手前の赤いランプが下げられた店に顔を出す。木材を組み合わせて作ったので屋台っぽく、ご丁寧に、暖簾（のれん）のような布もかけられている。

中にはカウンター席があり、労働者と思（おぼ）しき人々がお喋（しゃべ）りをしながら密造酒を飲んでいた。

「お前の世界では、こんな風に嗜好品を楽しまないか」

「さすがに密造酒はないけど、概（おおむ）ね似たようなものかな……」

仕事帰りに飲み屋で飲むサラリーマンみたいだな、と遊馬は思う。

「よぉ、レオンに巫女（みこ）さん！」

手前で飲んでいた体格のいい人物が、密造酒入りのグラスを掲げる。あまりにも逞しい身体つきだが、薄着のため女性だということがわかった。

「ビアンカだ」とレオンは女性を紹介してくれる。

「ど、どうも」

「なぁに、畏（かしこ）まるなって！　アンタ、酒は飲めるのかい？」

ビアンカは、カウンターの向こうにいる女将（おかみ）さんから新しいグラスを受け取りつつ、遊馬に尋ねる。

「いえ、未成年なので」

「はぁ？　巫女さんの世界じゃあ、そんなナリでも成人してないのかい？」

ビアンカは怪訝（けげん）な顔をする。「こっちでは、十六歳で成人ということになっている」とレオンは補足してくれた。

「それなら、僕も成人……？」

「じゃあ、いいじゃないか。アウローラに栄光を齎(もたら)す者に乾杯をさせておくれよ」

「いや、飲み慣れてないならやめておけ。ここの酒は、悪い酔い方をするからな」

レオンは二人の間に入り、ビアンカを制止した。ビアンカはつまらなそうに口を尖(とが)らせ、グラスに入っていた酒は自分で飲み干した。

彼女の隣では、既に男が何人か酔い潰(つぶ)れている。彼らは皆、アルコールのにおいを漂わせながら寝ていた。

「で、リーダーが巫女さん連れて何しに来たわけ？　あんたらのデートを見せつけに来たわけじゃないんだろう？」

「明日(あした)、採掘作業をユマに手伝わせたい。その時に、坑内の案内を頼みたいんだ」

レオンの言葉に、「あー」とビアンカは合点がいったように目を輝かせた。

「班長――シグルドから話は聞いてるよ。巫女パワーのお陰で晶石化しないんだって？」

ビアンカは羨望(せんぼう)の眼差(まなざ)しで遊馬を見つめるが、すぐさま、からりと笑った。

「任せておきな。同じ女同士、仲良くやろうじゃないか」

「ひえっ」

「ひえ？」

思わず悲鳴を漏らしてしまった遊馬を、レオンは小突く。

「彼女は、人見知りをするタイプらしくてな」

「へー、可愛いところあるじゃん。巫女さんって言っても、中身はフツーの乙女なのね」

ビアンカは、遊馬の顔をまじまじと見つめる。遊馬は生きた心地がしない。手の中は汗でべたべただ。

ここで、女ではなく男だとバレたら、士気にかかわる。遊馬は全力で、女子を演じることにした。

「よ、よ、よろしくお願い致しますわ……」

ぎこちない動作でスカートを摘まみ、無理やり笑顔を作ってみせる。そんな遊馬に対して、「丁寧すぎ！　王族か！」とビアンカは勢いのいいツッコミをくれた。

ケビンの例もあるし、遊馬を男性に任せて変に惚れられては大変だと、レオンは配慮してくれたのだろう。だが、ビアンカは女性ならではの違和感に気づいてしまうかもしれない。

明日はひと時も気を緩めてはいけない。遊馬はそう心に釘を刺し、巫女スマイルを保ち続けたのであった。

遊馬に宛がわれたのは、十畳ほどの広さにベッドが四つある部屋だった。元々、宿泊部屋として使われていたのを流用しているらしく、ベッドはずいぶんと年季が入っていた。

レオンは、入り口から最も近いベッドを占領していた。

サイドテーブルには、彼の私物と思しきものが雑然と置かれている。アンティークと思しき時計に、カフスボタンやタイピンなどが、控えめな照明に照らされて輝いている。どれも、ジャンクヤードの廃棄物の山から見つけ出したらしい。

「お前は好きなベッドを使え」

レオンはコートをクローゼットにしまいつつ、そう言った。因(ちな)みに、クローゼットも半分使っていいとのことだった。

「レオンは、どうして入り口の近くに?」

「万が一の時に、すぐに外に飛び出せるように」

「成程、さすが……」

ベッドの脇には、銃を収納するラックが置かれていた。非常時は、すぐに飛び起きて戦うつもりなのだろう。

「じゃあ、レオンの近くが安全かな」

「誤射をしても、お前に渡したエーテル・ドライブなら防げるしな」

「怖いこと言わないでくれる⁉」

レオンの隣かつ、窓際のベッドに向かおうとした遊馬は、悲鳴じみた声をあげる。

「細心の注意は払うが、全くないこととは言えないだろう?」

「まあ、そうだけど……」

遊馬は、カーテンの隙間から窓の外を見やる。部屋は二階にあるので、ジャンクヤードの様子が少しは見渡せるかとも思ったが、どの家も寝静まっているのか灯りが消え、すっかり闇に包まれていた。

「シャワーは一階にある。使い方は分かるな？」

「うん。シャワーは僕の世界でもあるし。因みに、湯船は？」

「そんなもん、金持ちの家にしかない」

レオンはきっぱりと答えた。どうやら、アルカでは湯船にじっくりと浸かるというのが一般的ではないらしい。

遊馬はレオンの心遣いに甘え、先にシャワーを浴びる。

疲れた身体は熱いシャワーを喜び、緊張がほぐれていくのがわかった。

「今日は、色々あったな。考えなきゃいけないことは色々とあるけど、今はただ、眠りたい……」

部屋に戻ると、ラフな格好になったレオンが待っていた。彼が遊馬と入れ替わりでシャワー室へ向かうと、遊馬は広い部屋で独りになった。

「……静かだな」

遊馬の声は、誰もいない部屋に虚しく響く。身体が冷えてしまいそうだったので、さっさとベッドに潜ることにした。

見知らぬ土地に見知らぬ人々、そして、見知らぬ文化。彼らは優しく温かいが、遊馬の居場所という実感はない。

「……母さん、どうしているかな」

瞼を閉じると、母や友人達の姿が思い浮かぶ。彼らのことを思うと、胸が苦しくなり、涙があふれそうになった。

「本当に、還れるのかな……」

彼らにまた会いたい。この出来事が、夢だったらいいのに。

そう願っているうちに、遊馬はまどろみの中に誘われ、そのまま眠りに落ちたのであった。

翌朝、起床しても元の世界に戻っているということはなかった。遊馬は現状が現実であることを思い知らされる。

そして、朝食には、凝縮したパンのようなものが出た。

「乾パン……？」

ゴリゴリと奥歯で嚙み砕きながら、栄養を濃縮して果汁風味の味付けをしたというジュースを飲む。

「隕石落下前は、もっと柔らかいパンだったそうだ。俺がガキの時にも、もう少しマシだったんだがな」

レオンもまた、乾パンをがりがりと嚙み砕く。

「イースト菌にとって好ましくない環境なのかな。それとも、日持ちするから……？」

「後者じゃない？　いつまた、物資が少なくなるかわからないし」

ステラはあまり気にした様子もなく、ポリポリと乾パンを頬張っていた。

「今も尚、物資が少なくなっているの？」

「まあね。ジェネレーターの事故があった区域は使えなくなっちゃうし、そういう場所に工場や倉庫があるとアウトだしね……」

ステラは目を伏せ、レオンは小さく舌打ちをした。そこには、怨嗟すらこもっているように思えた。

「街のど真ん中にクソでかいプラントを置いていること自体、大きな爆弾と一緒に過ごしているも同然なんだ。とっとと、あいつを停止させて――」

「ユマちゃーん！　おはよー！」

研究所の出入り口から、能天気な声がレオンの言葉を遮った。ケビンの声だ。

「あいつ、坑道前まで案内するって言ってたな」と、レオンは声がした方を見やる。

「あっ、そうだった。えっと、ごちそうさま！　行ってきます！」

遊馬は食器を片付けてから、研究所の出入り口へと走っていく。

そこには、笑顔のケビンがいた。昨日は砂にまみれて擦り切れた服を着ていたのだが、今日は心なしか綺麗な服をまとっている。

「おはようございます、巫女様。本日はこのケビンが、あなたのエスコートを務めさせて頂きます」

白い歯を見せて笑い、恭しく一礼する。

「なーんちゃって。ユマちゃん風に王族を真似てみたんだけど、どう？」

「と、とても素敵だとオモイマス……」

遊馬は頬を引きつらせながらも、なんとか褒め言葉をひねり出す。

実際、ケビンはハンサムな方だったし、紳士的な仕草は様になっていたのだが、いかんせん、それを向けられたのが自分だということが、遊馬の頭を悩ませていた。

（なんか、罪悪感がすごいぞ……。いっそのこと男だってバラしたいところだけど、そんなことをして士気が下がったら、レオンの作戦も台無しだし……）

レオンの作戦が失敗すると、遊馬も元の世界に還れない。ジャンクヤードの人々は温かかったが、やはり、パンが柔らかい世界がいい。

（母さんも心配しているだろうし……）

自分がいきなりいなくなって、母は大丈夫だろうか。

母だって、父がいなくなってショックなはずだ。本当は、自分がそばにいてやらなくちゃいけないのに。

そして、自分もまた、母と一緒でなくては父の喪失と向き合えないような気がした。

父を知っている人と悲しみを共有しなくては、心の整理がつかないのだろう。

「ユマちゃん？」

ケビンに顔を覗き込まれ、遊馬はハッとした。

「あっ、ごめん。ちょっと考えごとをしてて」

「そう？ なんか困ったことがあったら言ってよ。まあ、レオンとステラさんが一緒なら、困ることとなんてそうそうないだろうけどさ。でも、あの二人は真面目だから」

ケビンはそういうと、悪戯っぽく笑った。学校をサボってゲーセンにでも行っちゃおうかと冗談を言う、同級生みたいだと思った。

遊馬の顔が、自然とほころぶ。

「それじゃあ、ユーモアが欲しくなったら頼らせてもらうよ」

遊馬がそう言うと、ケビンは満足そうに微笑んだ。

二人は研究所を後にし、廃墟とバラックばかりのジャンクヤードの中を歩く。

捨てられたものをつぎはぎにした街なのに、あちらこちらから明るい話声や笑い声が聞こえた。貧しい状況でも、ここの住民は強かに生きているのだなと遊馬は実感した。

空を仰ぐと、中層を支える鋼鉄の大地が見えた。配管や機械が複雑に取り付けられたそれの向こうに、どんよりと曇った空があった。

朝だというのに、朝日が射さない。肌寒いし、少しばかり息苦しい。

「俺さあ、グローリアの統治下じゃなくなったら、中層に行くんだ」

唐突に語り出したケビンに、「どうして？」と遊馬は尋ねる。

「商売をしたいんだよ。商売人のほとんどは中層に住んでるんだ」

「へぇ、何の商売をするの？」

「果実とか野菜を売りたいんだ。ペーストフードの方が安価だし効率よく栄養が取れるけどさ、やっぱり素材を楽しみたいんだよな」

今は訪問商人の裏ルートでないと手に入らないが、ケビンは表立って流通するようにしたいという。そうすれば、誰だって手に入れることが出来るし、料理だってもっと楽しめるから。

「果実や野菜を栽培しているの、グローリアなんだ。昔は、下層や中層でもやってたけど、事故で農業区域が閉鎖されちまってさ」

「事故って、もしかして……」

「ああ、ジェネレーターの事故。十年位前かな。ひどいのがあったんだ。土壌も住民も、事故で溢れた星晶石の塵で汚染されたんだ。大勢が侵食者になって、その区域は閉鎖された。もちろん、侵食者は処分された……」

ケビンは苦々しげに、振り絞るように語る。

「そこには、レオンもいたんだ。あの人、元々は農家だったから」

「えっ、レオンが!?」

驚く遊馬に対して、ケビンもまた、目を丸くする。

「何も聞いてなかったのか？ それとなく聞いているのかと……」

「全然聞いてない……。レオンは、あんまり自分のことを話さないし……」

「……俺、余計なことを言ったかも」

ケビンは口を手で覆うが、もう遅い。

「レオンが星晶石発電に反対するのって、その事故がきっかけなのかな」

「本人から直接聞いたわけじゃないけど、ほぼ確実にそれだよなぁ……」

ケビンいわく、レオンは両親とともに農業区域で農業に従事していたという。

ステラがレオンの父親と研究をしていたというのも、その頃なのだろう。ステラは鉱物に興味があるようだし、農作物がよく穫れる土壌を研究していたのかもしれない。

「レオンの両親、さ。事故が起きた時、レオンを逃がすのに必死で、侵食者になったんだって……」

「それじゃあ、その両親は……」

処分されたか、それとも、レオンが直接手を下したかのどちらかである。いずれにしても、レオンの心に大きな傷を負わせるのには充分だ。

「そんな想いをしたから、銃を手にして何でも背負おうとしているのかな」

グローリアとも戦い、侵食者も眠らせる。汚れ役を買って傷つく人が、一人でもへるようにと。

「……たぶん、そうだと思う。俺達は、レオンに頭が上がらないし、何がなんでも手を貸したいと思ってる」

「その気持ち、わかるよ」

レオンがリーダーなのは、彼について行きたかったり、手を貸したかったりする人が多いからだろう。皆、彼が築き上げた屍の山ではなく、彼の背中を見ているのだ。

「事故が起きてからは、グローリアが管理した水耕栽培所で作物が栽培されているんだ。屋内ならば、星晶石の塵をある程度遮断できるからだと思う。でも、施設の維持費がめちゃくちゃ高いから、値段が高騰するんだよな。その辺もどうにかしたいし」

「また、土で農業が出来るようになるといいんだけどね」

「それな。土の方が施設の維持費も安いし、作物も安価になるからな。そうすると、下層の人間も買えるようになるし」

レオン自身も、土で作られた野菜を恋しがっているようにも見えた。昔ながらの農業が再び出来るようになったら、彼の痛みも少しは和らぐかもしれない。

「……うん。ケビンの夢、いいと思う」

「だろ？　へへっ、ユマに褒められると、夢に自信が湧いてくるな」

「そ、それは大袈裟だよ」と遊馬は慌てる。

夢を語るケビンの目は、キラキラしていた。それは、遊馬を見つめている時よりも輝いていた。

ケビンに案内された遊馬は、すり鉢状の地形の中心にある鋼鉄の柱のような施設へと向かっていた。

確か、レオンが採掘施設だと言っていた場所だ。

「あそこに坑道が？」

「そう。エレベーターで地中深くに潜るんだよ。昔は露天掘りだったんだけど、この下に大規模な鉱脈を見つけてさ。それ以来、坑道を作って掘り進めてるってわけ」

巨大な柱に近づけば近づくほど、コンベアの音と思しき機械音が大きくなる。柱そのものが、脈動しているようにすら見えた。

そうこうしているうちに、施設の入り口に長身の女性が立っているのが見えてきた。彼女は遊馬を見つけるなり、手を振ってみせる。

「あっ、ビアンカ」

「俺の案内はここまでかな。それじゃあ、頑張ってくれよ」

ケビンは遊馬にひらりと手を振る。

「案内してくれて有り難う」

「俺でよければ、いつでも案内するぜ」

遊馬が微笑むと、ケビンもまた笑い返してくれる。遊馬はビアンカのもとに行く途中で何度も振り返ったが、ケビンはずっと背中を見守ってくれていた。

「よお、ユマ。昨日は眠れたかい？」

自分よりも少し背が高いビアンカに気圧されつつ、「まあ、なんとか」と遊馬は返した。

「それは何より。睡眠不足は事故のもとだからね。で、アンタは本当にマスクをしなくても大丈夫なのかい？」

ビアンカの手の中には、防塵マスクが二つある。片方はビアンカのものなのだろう。

「ええ。なんか、外でもフツーにしてて大丈夫だったんで……」

「それにしたって、アタシは心配だよ。別にマスクをしてたからってデメリットはないからさ。ほら、貸してあげる」

もう片方のマスクを、遊馬にずいっと手渡す。ビアンカは自分のマスクをつけつつ、遊馬に装着の仕方を教えてくれた。

「あ、有り難う」

「いいって。マスクだけはグローリアからやたらと支給されるしね。あとはまあ、坑道は星晶石以外の粉塵も舞ってるし、肺炎にならないためにもマスクはあった方がいいでしょ」

「それは確かに……」

納得した遊馬は、教えられた通りにマスクを装着する。少し息苦しかったが、健康のためならやむを得ない。

ビアンカに案内されて、施設の中へと入る。彼女がカードキーをかざすと、エレベーターがやって来た。

「こっち」

ビアンカは監視カメラから遊馬をかばいつつ、エレベーターに乗り込む。彼女が慣れた手つきでパネルを操作すると、エレベーターはガタつきながらも下降し始めた。

地下の、奥深くへ。

「この採掘施設、プラントに直結してるんだ。ここで採掘したのはエレベーターで上層に運んで、製錬所で安定させて、発電プラントにくべるっていう仕組みなの」

「それじゃあ、警備が厳重なんじゃあ……」

「うーん。上は厳重だけど、下はそれほどじゃないんだよね。監視カメラくらいはあるけど、アタシが全部把握してるし。ただ、定期的に見回りはあるけど」

それも多くはないとビアンカは言う。

「上の連中だって、命は惜しいからね。あんまり安定していない星晶石に近づきたくないんじゃない？」

「成程……。それもちょっと、ひどい話だね」

「そう。本当なら、こんなに大勢を投入して採掘するような代物じゃないのさ。恩恵は大きいだろうけど、事故が起きれば大勢を亡くすわけだからね」

ビアンカは深い溜息(ためいき)を吐く。だが、「あ、そうだ」と彼女はハッとした。

「どうしたの？」

「気まぐれに来るやつがいるんだった。事前連絡を寄こさず、勝手にやって来て勝手に坑道に入り込んで、勝手にサンプルを持って行くやつが」

「えっ、なにそれこわい」

「まあ、サンプルを持って行く時だけはアタシ達の誰かに一声かけるんだけどね。でも、そいつはグローリアの研究所の職員だし、アタシ達に拒否権はないっていうか……」

「研究所の職員……？　ということは、科学者かな。ステラみたいな……」

だが、ビアンカは首をぶんぶんと横に振った。

「ステラみたいに愛嬌があるやつじゃないって。喋る言葉は昨日のユマみたいに丁寧だけど、くすりとも笑わないし」

「不思議な人だね。グローリアの人なのに危険を冒して坑道に来るし、偉ぶってもいないけど無愛想っていう……」

「無愛想っていうか――」

ビアンカは適切な言葉を選ぶように、一拍空けてこう続けた。

「感情があるのかすらわかんないよ。科学者では珍しく男だし、変わり者なのかもしれないけど。まあ、それを言うなら、女で肉体労働者のアタシも変わり者か……」

ビアンカは、がしがしとベリーショートヘアの頭をかく。

「あれ？　肉体労働を筋肉量が多い男の人がやるのは納得なんだけど、科学者は女の人がやるの？」

そう言えば、ステラも女性で科学者だった。たまたまだと思ったが、まさか、そちらの方がスタンダードだとは。

遊馬の発言に、ビアンカはキョトンとしていた。

「そりゃあ、男が身体を使う仕事をするなら、女は頭を使う仕事をしないと釣り合いが取れないだろ。まあ、基本的には自由だし、それぞれの事情があって仕事を選ぶんだけどさ」

男性は筋肉がつきやすく、月々の体調が安定しているので、肉体労働で重宝される。一方、出産などの肉体的に負担が大きい出来事が多い女性は、比較的場所を選ばない頭脳労働につく傾向があるそうだ。だから、事務職のみならず、科学者も女性の方が圧倒的に多いらしい。

「その辺は適材適所が徹底しているんだね」

「まあね。資源だけじゃなくて、人間も限られてるし」

ビアンカは、苦笑しながら肩をすくめてみせた。

「因(ちな)みに、ビアンカさ……ビアンカは、どうして危険な採掘の仕事をしてるの？」

「アタシは、病弱な弟を養うため。キツい仕事だし労働に見合わない給料とはいえ、下層の中では一番安定して稼げるしね」

「そんな事情が……」

「まあ、アタシは頭を使うのが苦手なのもあるし、身体が強いしさ。丁度いいんだよ」

ビアンカはニッと屈託のない笑みを浮かべた。

エレベーターが停止し、扉がゆっくりと開く。どうやら、地下深くの坑道に着いたらしい。

「それにしても、ユマが女で良かったよ」

「えっ、どう……して？」

実は男なんですが、とバラしてしまいそうなのを、何とか呑み込む。

「アンタ、平和な世界から来たんだろ？　それなのに、アタシ達のいざこざに巻き込んじまうのは悪いと思っててさ」

「ビアンカ……」

「でも、アウローラでは、女は殺しを免除されているからね。免除っていうか、禁止かな。だから、どんなに状況が悪くても、アンタに積極的に攻撃に参加するようには誰も言わないさ。安心しな」

ビアンカの大きな手が、ぽんと遊馬の肩を叩く。

殺し、とさらりと出てきて、遊馬は息が詰まりそうになった。

どんなに人が好くても、彼らは革命組織であり、上層の人々にとってはテロリストなのだ。

グローリアと激しい戦闘を行い、時には命を落とすこともあるだろう。勿論、命を奪うことも。

「どうして、女性はそういう扱いなの？」

声が震えそうになるのを、何とか抑える。殺しという直接的な表現を使うのは、憚られた。

「レオンが決めたんだ。産んだ子供を血まみれの手で抱くことがないように、だってさ。

次世代の導き手を血で汚したくないんだって。だから、レオンを始めとする男達は、身体を張って血まみれになってくれるんだ……」

ビアンカは彼らに感謝をするように、そして、その中で散っていった者に哀悼の意を捧(ささ)げるように目を伏せる。

遊馬は、何と言っていいかわからなかった。半開きになった唇は、小刻みに震えていた。

レオンが革命者たちの中で一番敵の命を奪ったというのは、このためではないだろうか。

男女問わず、仲間の手を出来るだけ血に染めないように、自らの手を犠牲にしたのではないだろうか。

そして、レオンが遊馬に巫女(みこ)の役目を押しつけたのは、遊馬に手を汚させないためだったのかもしれない。

どんな状況になっても、遊馬が手を汚さないことを正当化するためだったのだ。

「レオンは、すごい人だね……」

「だろう？　アタシ達は、ああいう人に上に立って貰(もら)いたいよ。自ら手を汚さないグローリアの社長なんかじゃなくてね」

レオンが作る未来を思い描くビアンカの目は、希望に満ちていた。

遊馬もそれに頷(うなず)きつつ、エレベーターを後にして、ツルハシの音が響く延々と続く坑道を歩き出したのであった。

点々と連なったランプが坑道をぼんやりと照らし、奥に向かってレールが延々と延びていた。どうやら、それがトロッコのレールらしい。

トロッコは操縦式だったが、作りが単純なのとビアンカの説明が上手だったので、遊馬はすぐに操縦することが出来た。

坑道の奥には、ちらほらとあの独特の輝きが見える。星晶石と思しき結晶が、岩の中に半分埋まった状態で顔を覗かせていた。

それを、ビアンカがツルハシで掘る。採掘された鉱石は、大きな母岩をくっつけたままトロッコに載せられた。

「これが原石か……。欠片よりも迫力があるな。父さんも、こういうところで手に入れたのかな……」

小瓶の中に入っている欠片は、割れたものなのだろう。その証拠に、鋭く尖っている部分もあれば、そうでない部分もある。

トロッコを操縦し、採掘した鉱石を鉱石用のエレベーターへと運ぶのが遊馬に任された仕事だった。上層に直結しているという鉱石用のエレベーターは、人が乗るには狭すぎるし、異物を感知するためと思われるセンサーが多数見受けられた。

「やっぱり、ここから侵入するのは無理なのか……」

遊馬は溜息を吐きながら、鉱石をエレベーターへと載せる。

上層への近道は、ある意味、遠回りであった。

遊馬がトロッコに乗って皆のもとに戻ると、労働者達はぞろぞろと帰り支度をしているところであった。

「ユマ、お疲れ様！　アンタのお陰で今日のノルマが終わったよ」

ビアンカの明るい声が遊馬を迎える。

「それはよかった。僕は、トロッコを動かしていただけだけど……」

ビアンカも含め、労働者達はすっかり土まみれの泥だらけになっていた。だが、遊馬の巫女服は、多少砂ぼこりがついたくらいだ。

「いいんだよ。アンタがアレを動かしてくれたお陰で、一人分の労働力が確保出来たしね。あとは、ジャンクヤードに戻って戦の準備さ」

ビアンカは力こぶを作ってみせる。労働者達も、「ありがとな！」「働き者の巫女さんだぜ！」と遊馬に賛辞を投げた。

役に立てて良かった。

遊馬は心の底からそう感じた。見ず知らずの土地で、自分の居場所がようやく出来たような気がして安堵した。

だが、その時である。

「おい、グローリアの研究者が来たぞ！」

先にエレベーターへ向かおうとしていた労働者の一人が、声を上げる。皆はざわつき、ビアンカは慌てて遊馬の腕を引っ摑んだ。

「ユマ、隠れてな！」

「わ、わかった！」

近くにあった木箱の山に、ビアンカは遊馬を隠す。遊馬がしゃがみ込むと、木箱の陰にすっぽりと覆われた。

しん、と労働者達が沈黙する。その中で、一定のリズムを刻む足音が近づいてきた。

（あれが、変わり者の科学者……？）

遊馬は木箱の後ろからこっそりと、足音の主の様子をうかがう。

顔はゴーグル付きのマスクで覆っていたが、すらりとした細身の男性だった。

ステラのように白衣をまとい、労働者達に全く構わずに、ただ機械的に、目的地へと向かっている。

（なんか――）

嫌な感じがする。

遊馬はその男に見つからぬよう、更に奥へと身体を滑り込ませようと思った。

だが、それが裏目に出てしまう。スカートを踏んでしまい、転びそうになったのだ。

思わず、「うわっ」という声が漏れる。

その瞬間、鋭い視線を感じた。

氷の矢で射貫（いぬ）かれたのかと思った。科学者の男は振り返り、ゴーグル越しに遊馬を見つめていた。

（やばい……！）

どうやって誤魔化そうか。

遊馬は必死に言い訳を考えながら、じりっと半歩下がった。

坑道の壁が背中に触れる。行き場がなくなったと思った瞬間、それは、突如として崩壊した。

「えっ……？」

視界から男の姿が消える。いいや、自分の体勢が崩れたのだ。

脆（もろ）くなった坑道の壁が崩落し、その先には空間があった。遊馬の身体は、そんな奈落（ならく）に吸い込まれていく。

ビアンカが遊馬の名前を叫んだ気がする。だが、そんな声は遥（はる）か頭上へと消え、遊馬はなす術（すべ）もなく落下したのであった。

「うっ……」

ごつごつした感触に、目を覚ます。

遊馬は岩場に倒れていた。

「僕は、確か……」

坑道から落下したのだ。頭上を見上げたが、遥か彼方にぼんやりと光が見える程度だ。かなりの距離を落ちたらしい。

全身が痛む。だが、動かせないほどではない。落下の際に、あちらこちらをぶつけた気がする。そのせいで、ビアンカ達を心配させてしまう。

早く戻らないと、落下の勢いが削がれたのだろう。

そう思いながら、遊馬はなんとか起き上がった。

それにしても、人の気配はないし、道が整備された様子もない。光が届かない地下なのに、うっすらと辺りを見回せた。

「あっ……」

その原因は、すぐにわかった。

遊馬の落ちた場所は、ホールのような広い空間になっていた。そこに、星晶石の結晶が、びっしりと敷き詰められていたのだ。

光源がないのに、星晶石はぼんやりと輝いていた。星晶石は、発光する鉱物らしい。

地面も床も天井も結晶に満たされた様は、晶洞のようですらあった。一歩踏み出すと、何かを踏んでしまった。

そこにあったのは、ビアンカから借りたマスクと――。

「ひっ」

人の足だった。

人間の両足が、力なく投げ出されている。全体を窺おうとしたが、胴体や頭部は結晶に覆い尽くされていた。

ひんやりとした輝きを放つ群晶を前に、遊馬は自らの血の気が引くのを感じた。

「侵食者……？」

星晶石に侵食されてしまった者の末路なのだろう。ピクリともせず、周囲の岩場と同じように、星晶石の苗床になっている。

遊馬は慌ててマスクを拾い上げ、哀れな侵食者から一歩退いた。

だが、その時である。遊馬が立ち並ぶ結晶の中に、人影があるのに気づいたのは。

「えっ、誰……？」

人影に向かって問いかけてみる。声をかけてから、侵食者だったらどうしようと後悔した。

だが人影はいきなり襲いかかったりはせず、ゆっくりと振り返った。

「ヤシロ君？　いいや、違うね。君は誰？」

同じ質問を、その人影に投げられる。

そこにたたずんでいたのは、自分と同じくらいの年齢の少年だった。

ほっそりとした体格で、労働者のようには見えない。白衣も着ていないので、科学者でもないようだ。

中性的な、何処にでもいそうな少年である。

だが、声は少年とは思えないほど落ち着いていて、その割には、微笑を湛える顔に無邪気さが窺えた。

驚いたのは、彼の瞳の色だった。彼の瞳は暗がりでもぼんやりと輝き、周囲を覆い尽くす星晶石のように、虹色に変化していた。

彼は、遊馬と同じでマスクをしていない。穏やかな顔で、遊馬を見つめていた。

「君は、誰？」

少年は再び尋ねる。

「遊馬……。君は？」

「僕はミコトと呼ばれている存在さ。よろしく、ユマ君」

ミコトと名乗った少年は、友好的な様子で手を差し伸べる。遊馬は恐る恐る、その手を取ってみた。

「わっ……」

だが、すぐに離してしまった。少年の手は、あまりにも冷たかったのだ。

「君は、異邦人だね？　ここではない何処かからやって来たようだ」

「えっ、どうしてそれを……」

遊馬が異界から来たことを知っているのは、ジャンクヤードの人々くらいだ。集会所に、ミコトの姿はなかったのに。

「触れればわかるよ。何らかの原因で、エーテル濃度が低い場所から来たようだ。だからこうして、星晶石の塵がある場所で何の変化もないんだよ。星晶石の成分は、体内のエーテルに反応して成長するからね」

ミコトは歌でも歌うように、すらすらと論じた。彼が言っていることの、半分も理解出来なかった。

「ここの人達は……エーテル濃度っていうのが高いから、星晶石に侵食されるってこと？」

辛うじてそう訊ねる遊馬に、「そうだよ」とミコトは倒れている侵食者を見やる。

「侵食が進行すると、最終的にああなるんだ。宿主が動かなくなってしまったら意味がないのに、加減が難しいんだろうね」

彼は、憐れむような眼差しであった。だが、後半の言葉に違和感を覚える。まるで、侵食された人よりも星晶石の方をよく知っているかのような口ぶりだった。

「ユマ君、君が何年もここに留まれば、それだけエーテルに曝露されて体内に蓄積される。いずれ、マスクをしなくてはいけなくなるだろうから、早めに還ることをオススメするよ」

「だけど、還る方法が……」

「来た時と同じことをしてみてはどうかな？　まあ、それよりも君はまず、仲間のもとへ戻る必要があるだろうけど」

ミコトは、ぼんやりとした光が差す頭上を見やる。遊馬が落ちてきた場所は遥か遠く、とてもではないが登れる気はしない。

「そうだった……！　君は何処から来たの？　帰り道を教えて欲しいんだけど……」

食い下がる遊馬に対して、ミコトはにっこりと微笑んだ。

「いいよ。ついて来て」

何処から来たかという質問には答えぬまま、ミコトはパタパタと軽い足取りで結晶の森の奥へと走って行った。このまま奥へ行ってもいいのかという疑念を抱くものの、遊馬は勇気を振り絞り、ミコトに続く。

奥には、自然に出来たであろう横穴が延びていた。遊馬はミコトに手を引かれながら、上り勾配の横穴を慎重に行く。

しばらくすると、広い空間へとたどり着いた。

「あっ、ここは……」

見覚えがあるぼんやりとしたランプの光が、遊馬を迎える。

どうやら、坑道に戻って来たらしい。遠くから、ビアンカ達の遊馬を呼ぶ声がする。

「よかった……！　有り難う、ミコト！」

遊馬はミコトに礼を言う。だが、いつの間にか手はほどかれ、ミコトの姿はなかった。

「ミコト？」

背後を振り返ると、壁のように立ちはだかる岩盤に大きな割れ目があった。どうやら自分は、ここからやって来たらしい。割れ目から奥を覗くものの、真っ暗でミコトの姿は見えなかった。まるで、最初からいなかったかのようだ。

「……不思議なやつだったな」

彼は一体、何者だったのだろう。遊馬の正体を見破ったし、星晶石のような瞳のことも気になった。

疑問は残るが、今は構っている余裕はない。

遊馬は頭を振って気持ちを取り直すと、ビアンカ達のもとへと走る。

「ユマ！」

遊馬の足音に気付いたビアンカは、飛び上がらんほどに喜んだ。

「ごめん、心配をかけて」

「よかったよ！　アンタが無事で！」

ビアンカはぎゅっと遊馬を抱きしめる。彼女は力が強いため、少し苦しかったが、彼女の腕の中は温かかった。

「それにしても、アンタの身体は細いねぇ。アンタの世界は食料が不足していないんだろう？　ちゃんと食いな」

ビアンカは、ぽんぽんと遊馬の肩を叩きながら身を離す。

心配されるほどもやしではないと思う遊馬であったが、ハッと気づいた。自分が、女子のふりをした男子だということに。あまりにも胸が平らだったので、ビアンカは心配してくれたのだろう。

（ビアンカが疑り深い人じゃなくて良かった……）

他の労働者も一緒に遊馬を探してくれていたらしく、無事だった遊馬を見て皆は、胸を撫で下ろした。

「そうだ。あの科学者は……」

「行っちまったよ。ユマのことに気づいたのに、全然興味なさそうに坑道の奥にさ」

「そ、そうなんだ……」

「やっぱり、変な奴」とビアンカは腑に落ちない顔をしていた。他の労働者達も、首を傾げるばかりだった。

坑道での出来事はビアンカ達にも報告したが、夕食中、レオン達にも伝えた。

ミコトの話を聞いたステラは、始終眉間を揉んでいた。

「星晶石の晶洞なんて、見てみたいことこの上ないんだけど、星晶石の濃度が高すぎて危険よね。そんなところに、マスク無しで滞在するなんて有り得ない……。何者なのかしら」

「僕と、同じような人とか……」

「そんなにヒョイヒョイ、異世界から来られるかな」

「まあ、その線は薄いか……」

「それよりも、その子が口にしていた名前の方が気になるのよね」

「ヤシロって人のこと？」

「……グローリア本社が管理している研究所の、所長かも」

ステラは、神妙な面持ちで言った。ヤシロ・ユウナギというのが、その人のフルネームだという。

「ステラは、グローリアにスカウトされたことがあるんだ」

話を聞いていたレオンは、ポツリと付け加えた。

「えっ、そうなの？」

「ええ。まあ」

ステラは、少し気まずそうに苦笑した。

「少しだけ研究所にもいたことがあってね。方針が合わなくて辞めたけど」

だから、研究員は多少知っているという。

「ユマが坑道で会った科学者、背格好や振る舞いからして、ユウナギ所長っぽいわね。あの人、私以上に興味の偏りが大きいし、変わってるから」

「それは、相当だな」とレオンが言った。

変な奴、とビアンカが言っていた科学者を思い出す。

それと同時に、ゴーグル越しに感じた冷ややかな眼差しも脳裏を過る。

あの視線は完全に、人ではなく物に向けられるようなものだ。遊馬は身震いをすると、それを打ち消すように問いかけた。

「その人、どういう風に変わってたの？」

「好奇心旺盛——ううん、好奇心が過ぎるのよ」

ステラは声を潜めると、珍しく嫌悪感剝き出しの顔で続けた。

「人体実験を繰り返していたの。非人道的なものが多かったのよ」

「人体……実験……？」

「そう。被験者がいないなら、自分でも行う始末だったしね。最悪の意味で平等なマッドサイエンティストだったの」

なぜあの視線が怖かったか、分かった気がする。

あまりにも無遠慮で、彼の好奇心が少しでも刺激されたら、身体の裏側まで隅々観察されそうだったからだ。

幸い、あの時は興味を向けられず、完全に無視されたようだが。

「……あの人、また会うのかな」

「わからん」

レオンは、ヤシロのやり方に嫌悪感を抱いているのか、苦い顔をしながら答えた。

「最終目標は、グローリア本社のプラントだ。そのためには、社長であるオウル・クルーガーとの衝突は避けられない。科学者は出方次第だろうな。非戦闘員には、あまり銃を向けたくない」

ヤシロのやり口を嫌っていても、そこは曲げたくないらしい。

「そうね。出来れば、避けたいところだけど」

ステラは溜息を吐く。あまり、いい思い出がないのだろう。

どうやら、社長のオウルだけをどうにかすればいいという単純なものではないらしい。

遊馬は重々しい空気を感じながら、夕食を黙々と口に運んだのであった。

その日も、レオンは遊馬に先にシャワーを譲ってくれた。

熱いシャワーは、昨日とは違う心地よさだった。慣れない土地での心的な疲労よりも、労働での肉体的な疲労の方が勝ったからだろう。

だが、部屋に戻っても寝つけなかった。

ベッドで何度も寝返りを打っているうちに、レオンが戻って来てしまった。

「寝られないのか」

濡れた髪を擦り切れたタオルで拭きながら、レオンは問う。

「うん、ちょっと……」

「目をつぶるだけでも違う。休める時に、出来るだけ休め」

レオンはそう言いながら、自分のベッドの上に置いていたシャツを着る。レオンの肉体は均整が取れていて美しく、豹のようにしなやかであった。

だが、そんな身体に幾つもの傷が刻まれているのを、遊馬は見逃さなかった。どれも傷痕になって久しいようだが、戦いの最中に傷つけられたのだろう。

「なんだ。黙ってこっちを見てるな。暑苦しい」

「ご、ごめん。レオンは鍛えていてすごいなって思って」

「日々、駆けずり回っていれば筋肉なんて勝手に付く」

「そういうものかな……」

「そういうもんだ。そんなことより、お前の怪我はどうなんだ？　坑道から落下したんだろう？」

　レオンに問われて、遊馬は岩壁に打ち付けた場所に触れる。

「ちょっと痛むけど、大丈夫。軽い打撲で済んだみたい」

「お前は大事な巫女なんだ。無事でいて貰わなくては困る。それを差し引いたとしても、お前がちゃんと還れないと寝覚めが悪い」

「うん、有り難う」

　遊馬が相槌を打つと、レオンは怪訝な顔をした。

「なんで礼を言うんだ」

「気遣いが嬉しかったから。レオンはぶっきらぼうだけど、優しいよね」

「そんなことはない」

　レオンは、にべもなく言った。

「あるよ。だって、みんなが少しでも傷つかないように、前線に立って戦っているでしょう？　失うことの痛みを、知っているから」

遊馬の言葉に、レオンは表情をこわばらせる。

「……何を聞いた？」

「レオンの家族のこと。元々は農家だったけど、事故でご両親を亡くしたって……」

「ちっ。誰だ、余計なことを言ったのは」

レオンは露骨に舌打ちをして、バツが悪そうな顔をする。

「だ、誰が言ったかはともかく、みんながレオンについていくのは、レオンの優しさを知っているからだと思う。僕も、何がなんでもみんなを守ろうとするところ、尊敬するし」

「何が優しさだ。グローリアからしてみれば、とんだ反逆者で殺人者だ」

レオンはそっぽを向いてしまった。だが、そうやって他人の立場になって考えられるところが、彼の優しさに繋がるのではないだろうかと遊馬は思う。

「おい、ユマ」

「は、はい！」

「家族っていうのは自分が生まれる前から繋がっているコミュニティだ。血縁は切っても切れないものだ。よほどの憎悪がない限りは大切にしろ。一日一日を、悔いのないように過ごせ」

「うん、わかった……」

レオンが遊馬の帰還を手伝うのに前向きなのは、遊馬にはまだ母親がいるからだろう。

レオンが、両親と突然別れなくてはいけなかったからこそ、遊馬にはその道を歩んで欲しくないのだ。

（やっぱり、レオンは優しいな……）

口にしたら本人に否定されてしまうので、遊馬は心の中で呟いた。

レオンのようなリーダーがいれば、きっと大丈夫。

ケビンの夢も叶うし、ビアンカの弟も高度な医療が受けられるようになるだろう。

いつの間にか、彼らにすっかり肩入れしていることに驚くものの、遊馬は彼らのことを想うたびに胸の奥が温かくなっていることに気づき、穏やかな気持ちで毛布をかぶったのであった。

レオン達の目的はこうだ。

オウルを失脚させ、上空の暗雲を晴らし、星晶石のプラントを停止させて、太陽光で再生可能なエネルギー発電を行う。そうすれば、アルカが抱えている事故による汚染のリスクを解消できるし、太陽光が必要な産業を再び始められるようになるのだ。

ステラいわく、グローリア社に巨大なエネルギー砲台があるらしく、その出力を以ってすれば、暗雲と化した塵を晴らすことが出来るという。

また、太陽光発電の技術は遊馬がいた世界よりも発達しており、かなり効率的な発電が出来るという。星晶石発電がメインになるまでは、最もシェアを獲得しており、星晶石発電開発後も、反対派の国では多く使われていたそうだ。

太陽が隠される前のものだが、アルカにも予備発電施設として組み込まれていた。ステラはそれを改造したりメンテナンスしたりして、使用できるようにしたという。

だが、太陽光発電に切り替える前にやるべきことがある。

遊馬の帰還だ。

ステラの話によれば、プラントに使用されている星晶石のエネルギーで、遊馬がアルカに来た時と同じ現象を引き起こせるのではないかということだった。

「それじゃあ、行ってくる」

三日目の深夜、レオンと鉱山労働者達はジャンクヤードを出て中層を目指す。

見張り役のケビンや弟の面倒を見なくてはいけないビアンカ、そして、女性や子供、老人達は、勇ましき戦士達を見送りに来てくれた。

その中には、シグルドの妻子もいる。労働者のまとめ役であるシグルドは、機関銃で武装をしていた。彼は心配する子ども達に、「大丈夫。ちゃんと帰って来るから」と微笑んでいた。

この作戦で、遊馬は留守番を命じられた。巫女を命の危険にさらすことは出来ないとのことだった。

「安心しろ。プラントを押さえたら、必ず戻ってくるから」

レオンは遊馬の両肩に手を添える。頼もしい手のひらの感触に、遊馬は頷（うなず）いた。

「うん。必ず、帰って来て」

「当たり前だ」

「大丈夫。私もいるから！」

レオンの後ろで、ステラが意気揚々と拳を振り上げた。

「あれ？　ステラも女の人だし、残るかと思ったんだけど……」

「女である前に、科学者なのよね。っていうか、本社の中を一番知ってるのは私だし、プラントを弄れるのも、わ・た・し」

ステラはぱちんとウィンクをしてみせる。その背には、ごつい重火器を背負っていた。

「その、程々にね……」

何やら破壊力が高そうな武器を前に、遊馬は笑顔が引き攣る。

そんな時、シグルドが手にしていた無線機に連絡が入る。中層に潜伏していた同志が、所定の位置についたとのことだった。

「陽動部隊の準備が出来たようだな。俺達も行くぞ」

「ああ」

レオンの言葉に、一同が頷く。

「行くぞ、お前達！　人類に光を！」

レオンの掛け声に、皆が雄々しく拳を振り上げ、未来に向かって進軍し始めた。

遊馬はケビン達とともに、無事に戻ってくるようにと祈りながら、その背中を見守ったのであった。

「行っちゃったね」

見送りに集まっていた人々はそれぞれの家に帰還し、遊馬とケビンだけが集会所の外に残った。

二人は名残惜しげに、中層を支える柱の一つを見つめていた。レオン達が向かったのは、その柱だからだ。

柱は中空になっており、内部にインフラが通っているという。インフラのメンテナンスをしているのは中層の同志だそうで、中層へ向かうための仮組の階段を設置してくれたのだ。

「陽動、上手く行くといいんだけどな。こっちの数は多いから、幾らでも分隊を作れるけど、やっぱり戦力に差があるから」

ケビンは苦い顔をする。フィジカル面では引けを取らないだろうが、兵器がほとんどないのだ。

それゆえに、グローリアと直接戦う本隊の人数は、最小限に抑えている。攻撃の要のレオンと、グローリア内部に詳しいステラ、そして、レオンの攻撃をサポートする精鋭と、それをまとめるシグルドという構成だった。

「まあ、こっちには巫女がいるから大丈夫だろうけど」

「は、ははは……」

ケビンに背中を叩かれ、遊馬は力なく笑った。その巫女が男なので、縁起が悪いことこの上ない。

「さてと、俺は持ち場に戻るけど、ユマはどうする？　部屋に戻って寝る？　それとも、気晴らしに俺の職場を見て行く？」

「うーん……」

四つベッドがある部屋で、たった一人で眠ることを考えると、帰路につこうとした足が止まってしまう。ケビンの職場とやらを見学に行くのも、悪くないと思った。

「それじゃあ――」

職場を見せてほしい、とケビンに頼もうとしたその時であった。

誰もいなくなったはずの集会所から、物音が聞こえた。不思議そうにするケビンに人差し指を立て、足を忍ばせて集会所へと戻る。

住民の誰かが、忘れ物をしただけかもしれない。だが、遊馬の中には嫌な予感が渦巻いて仕方がなかった。

灯りが消えた集会所の一角に、小さな影が蠢いている。こそこそと隠れるような怪しいそれに、遊馬は用心深く手を伸ばした。

「わっ！」

「君は……！」

遊馬に腕を掴まれて驚いたのは、シグルドの息子のジョンだった。彼は慌てて手にしていたものを隠そうとするが、ケビンがひょいと取り上げる。

「これ、潜入ルートを記した地図じゃないか。どうして君が……⁉」

ジョンの顔は、真っ青だった。

しばらくの間、口を喘ぐようにパクパクさせていたが、やがて、観念したように項垂れた。

「ごめん……なさい……」

「……何があったの？」

遊馬はジョンの腕を離し、膝を折って視線を合わせる。ジョンはぎゅっと服の裾を掴み、絞り出すように話し始めた。

「訪問商人のおじさんが……お父さんがだいじにしている地図を見たいって……。見せたら……みんなが食うに困らないほどのごはんを下層におくってくれるって……」

「それは……」

遊馬とケビンは、顔を見合わせる。

無くなったと思われた極秘の地図が、まさか、ジョンによって持ち出されていたなんて。シグルドの息子であるジョンならば、集会所に入るところを見られても、父親の用事だと思われるだろう。外部の人間に頼まれて、地図を入手するためとは思うまい。

「訪問商人のおじさん、新しい人だったって言ってたよね？」

「うん……」

遊馬の問いに、ジョンが頷く。

「……なあ、ユマ。もしかして、そいつは……」

「……訪問商人を装った、グローリアの人だったのかも。レオン達の作戦を、事前に把握しておきたかったんだ」

「本隊の動きはバレバレだったってことか……」

ケビンと遊馬の言葉に、ジョンは顔をこわばらせる。幼子ながら、自分がやったことの重大さに気付いたらしい。

だが、遊馬は怯えるジョンの頭に、そっと自分の手を重ねた。

「大丈夫。レオン達に伝えれば、何とかしてくれるはず」

「まさか、ユマ……！」

今度は、ケビンの顔が青ざめる。しかし、遊馬は腹を括って立ち上がった。

「レオンに、報せて来るよ」

「無茶だ！　危険すぎる！」

ケビンが反対するが、遊馬はバングルを見せた。

「一応、エーテル・ドライブも預かってるしさ。攻撃を受けても防げるから」

「でも、ユマは戦い慣れてないだろ⁉　俺が行くよ！」

「ぼ、ぼくが……！」

ケビンだけではなく、ジョンも伝令役を買って出ようとする。そんな彼らの肩に、遊馬はそっと手を乗せた。

「ケビンには見張りの役目が、ジョンには家族を安心させる役目があるじゃないか」

「かぞくを……安心させる……？」

ジョンは、涙が滲(にじ)んだ目を潤ませながら問う。

「そう。お父さんがいない今、お母さんも妹も、寂しがっている。もっと寂しがらせないために、君が残るんだ。お父さんが無事に帰ってくるように祈るのが、君の役目だよ」

「……わかった」

ジョンはしゃくりあげそうになるのを堪(こら)えながら、こくんと頷(うなず)いた。ケビンもまた、観念したように頷く。

「こんな中だって、難民は来るかもしれないしな。俺はそういう人達を見逃さないように、責務を全うするよ」

「うん。僕も無事にたどり着けるように、頑張る」

遊馬とケビン、そしてジョンはお互いに肩を抱き合い、無事を祈り合い、それぞれの行くべき場所へと向かう。

（それにしても、許せないな）

しばらく歩き、ようやく中層に繋(つな)がる柱にたどり着いた遊馬は、ケビンから教えてもらった隠し扉を開ける。

(幼い子供を使って、情報を得ようだなんて。きっと、食料を分けてくれるなんていうのも嘘に違いない。最初こそ報酬を寄こすものの、あとは音沙汰がないなんていう詐欺は、僕達の世界でもあるじゃないか)

ジョンは純粋に、家族やジャンクヤードの皆を心配していた。彼なりに、人の役に立とうとした結果、いいように利用されてしまったのだ。

(子供の純粋な気持ちを利用しようだなんて、卑怯だ……)

遊馬は、自分の中で怒りが煮えたぎっているのに気づいた。グローリアに対する許せない気持ちが渦巻いているのを自覚した。

隠し扉が開いた瞬間、風がごうっと遊馬のワンピースを煽る。遊馬は思わず、スカート部分を押さえた。

「うわっ、これは……」

仮組の階段とやらは、鉄骨と鉄板を組み合わせた簡単なものだった。鉄骨は細く、鉄板は頼りない。中層に続いていると思しき扉は遥か頭上にあり、中腹からはメンテナンス作業用と思しき正規の階段があった。

柱の中には幾つもの配管が通り、複雑に絡み合っている。圧迫感を覚えながらも、遊馬は仮組の階段を恐る恐る上った。

足をかけるたびに、骨組みが軋んで踏板がたわむ。何処からともなく入り込んでくる風が遊馬の身体を揺らし、いたずらに恐怖をあおった。

「ひぃー……」

遊馬の喉から細い悲鳴が漏れる。

少しずつ地上が遠くなり、風も強くなっていく。あと少しで、中腹までつくと思ったその時、足場にしようとしていた鉄板を踏み外した。その衝撃で、踏板は外れてしまう。

「あっ……！」

落ちる。

遊馬の脳裏に絶望が、そして、走馬灯が過ぎる。最後に見た母や友人の姿、そして、見送ってくれたケビンや己の過ちを悔いていたジョンの姿が。

とっさに手を伸ばし、メンテナンス作業用の足場の一部を摑んだ。お陰で、遊馬は落下せず宙ぶらりんになる。グローリアが設置したであろう足場は、少ない資材で作った足場よりも圧倒的に安定感があった。

問題は、ここからどうするかだ。

ちょっとでも手が滑ろうものなら、下層に真っ逆さまである。遊馬が落とした踏板は豆粒のように小さくなっており、無事なのかひしゃげているのかすらわからない。

「レオン……！」

遊馬は思わず、優しきリーダーの名を呼んでしまう。だが、彼はここにいないのだ。

「……僕が自分で、何とかしないと……」

とはいえ、腕の力だけでは身体を持ち上げられない。辛うじて残っている鉄骨に足を乗せて体重を預けつつ、歯を食いしばってよじ登った。

「ぜぇ、はぁ……」

自分の身体一つ持ち上げるだけで、息が上がる。エーテル・ドライブを預かったとはいえ、それが及ばないことは自分の力で解決しなくてはいけない。

先行きが不安になる遊馬であったが、ふるふると首を横に振った。

「不安に思っている余裕なんてない。早く、レオン達に伝えないと……！」

階段を駆け上がり、中層へと通じる扉を開ける。

その瞬間、空気が変わった。重苦しさは幾分か薄れ、埃っぽさはほとんどなくなっている。

「ここが、中層……」

鋼鉄の空と、鋼鉄の地面が遊馬を迎える。

中層はちゃんとした住宅がきっちりと整備された区画に建てられており、遊馬にも見なれたような街並みになっていた。道路は舗装されていて歩きやすい。

住宅街の隅に、白い塔のようなものが聳えている。煙突のようなそれは、アルカの中心にあるプラントにも似ていた。

それが恐らく、各区域にあるジェネレーターなのだろう。

空が塵で覆われている以上、昼も夜もあまり関係ないが、やはり、人間には生活サイクルというものがあるようで、深夜は商店も開いておらず、家々の灯りも消えている。

一方、遊馬の周囲はしんと静まり返っていた。そんな住宅街を、物陰に隠れながら進む。レオンが目指しているのは、上層に繋がるエレベーター――すなわち、中層の中心にある巨大な柱だ。

それは、下層の坑道に繋がっているようで鋼鉄の地面の下にも延びているようだった。

「うう……」

うめき声が聞こえて、遊馬はぎょっとする。とっさに身構えるが、それは、道端で倒れている警備兵だった。

「レオン達が、やったのか……？」

見れば、あちらこちらに制服姿の警備兵が倒れている。焼け焦げた道路に、星晶石の燐光が見えた気がした。

血の、においがする。あちらこちらに血痕が落ち、壁には無数の弾痕が刻まれていた。つんと鼻を衝くのは、硝煙のにおいとやらだろうか。

（本当に、みんなは戦っているんだ……）

思わず後退しそうになるが、遊馬はなんとか踏み止まった。目を背けそうになったが、ちゃんと向き合わないといけないと己に鞭を打った。

倒れている警備兵を辿るように、遊馬は走る。スカートが足にまとわりつくので、たくし上げながら。

しばらく走ると、見慣れた背中が見えた。ツルハシや警備兵から奪ったと思しき銃火器を手にした集団は、間違いなくレオンが率いる本隊だ。

「レオン！」

遊馬は声を抑えながら、彼の名を呼ぶ。

すると、レオンは驚いたように振り返った。

「ユマ、どうしてここに！」

「レオン達に伝えたいことがあるんだ。潜入ルートは、既にグローリアに知られている！」

「なんだって……!?」

レオンが率いていた労働者達はどよめく。

「まさか、無くなった地図は、盗まれたのか？」

シグルドは厳しい表情で遊馬に問う。

「うん……。中層から来た訪問商人が、グローリアと通じていたみたい……」

歯切れが悪い遊馬に、彼らは顔を見合わせる。そんな中、レオンは小さくため息を吐いた。

「そうか。訪問商人がどうやってルートを記した地図を手に入れたかはともかく、情報が漏洩していたのは事実だろう。陽動をしている割には警備が多いしな。そのせいで、星晶石の弾を予想より多く消費している」

「だが、ルートがわかっている割には、こちらに全力投入していないように思えないか？　陽動のほうに割く人数を最小限にして、封じ込むことだって出来るだろうに」

　シグルドは腑に落ちない様子だった。

「一枚岩じゃないのか、消耗させることが目的なのかもしれない」

「後者はあり得るな」

「とにかく――」

　レオンは、遊馬に向き直る。

「教えてくれて有り難う、ユマ。物資の消耗には気をつけよう。だから、お前はジャンクヤードに戻れ」

「そ、それが……」

　遊馬は気まずそうに目をそらしつつ、階段の一部を落下させてしまったことを伝える。

「だから、一人で戻るのもなかなか難しくて……」

「……あの階段は脆かったからな。仕方がない。帰りは、踏板の代わりになるものを探さなきゃな」とレオンは顔を覆った。

「じゃあ、ユマも参加してもらいましょうよ」

　さらりと言うステラに、レオン達はぎょっとした。

「何も、前線に立てっていうんじゃないの。後衛で私の補助をしてくれたら助かるってだけ。まあ、エーテル・ドライブを展開して、突っ立ってるだけでいいから」

　ステラは、遊馬の肩にポンと手を置く。

出来るかな、と遊馬は言おうとしたが、とっさに弱音を呑み込んだ。

「……やってみる」

「ユマ……！」

レオンが止めようとするものの、遊馬は彼を見つめ返した。

「潜入ルートがバレたっていう不測の事態が起こったんだ。だから、こっちもエーテル・ドライブを一機増やして、相手に不測の事態をぶち込んでやろう」

そうすることで、ジョンを利用した連中に一泡吹かせることが出来るかもしれない。

遊馬の心は、そんな反骨精神に溢れていた。

遊馬の瞳の奥に揺らぐ感情に気付いたのか、レオンは、それ以上止めることはなかった。

「わかった。その代わり、全力で自分を守ってくれ。お前は大事な巫女なんだからな」

「うん。そうする」

レオンの了承を得られたことで、シグルド達も、「よろしくな」と遊馬を受け入れた。

ステラはぐっと親指を立て、遊馬もまた、親指を立て返した。

「さて。俺達のターゲットはあそこだ」

しばらく行ったところで、レオンは巨大な柱の前で立ち止まった。

柱というよりは円柱形のビルのようで、堂々たる風格で聳えている。まさしく、アルカの中心というに相応しい。

「あれって、坑道のエレベーターに繋がっているんだよね？」

近くの建物に身をひそめながら、遊馬は問う。

「そうだ。鉱石以外にも、上層の人間だって運ぶ。ただし、下層の労働者が入れない場所に繋がっているがな」

先日のヤシロは、そこからやって来たのだろう。

「潜入ルートがバレてるから、そこそこ警備兵がいるな」

建物の前を見ていたシグルドは、忌々しげにぼやいた。

出入り口に二名、周辺に数名の警備兵がいた。恐らく、中にはもっといるだろう。

レオンはホルスターから、二丁の銃を抜いた。ガンタイプのエーテル・ドライブだ。

「それでも、予定通り行くしかない。他に入り口もないしな。まずは、連中を殲滅してエレベーターを確保。その後に、上層へと乗り込む。異論は？」

「なし。巫女様に、カッコいいところを見せなきゃな」

不敵に笑うレオンに、シグルド達もにやりと笑い返す。

遊馬は「ひっ」と声を上げそうになるが、何とか押し殺した。どうやら、遊馬が来たことで士気が上がったらしい。

（僕も、堂々としていないと）

自らの立場を活かしつつ、覚悟を決めるしかないと腹をくくった。

バングルに触れつつ、いつでもシールドを展開できるようにする。

「行くぞ。俺が道を作るから、お前達は散開して一人ずつ確実に潰せ！」

「おう！」

レオンが指揮を執る中、一同は拳を振り上げる。その中で、遊馬は遠慮がちに拳を上げた。

レオンの疾走で、戦いの火蓋は切られた。

「革命組織《アウローラ》！　メインエレベーターを貰い受けに来た！」

レオンの声が高らかに響く。

警備兵達は振り向き、手にしていた銃を構える。

「来たな、野良犬連中め！」

「この、テロリストどもが！」

数々の罵声をものともせず、レオンは銃口を彼らに向けた。

「悪いな。お前達もミディアムになってもらうぜ」

銃声とともに飛び出した星晶石の弾丸が、虹色の軌跡を描いて出入り口の前に着弾する。

その瞬間、炎がぼっと燃え上がった。

「これで、しばらくの間は援軍を足止め出来る！　今のうちにやってやれ！」

「おお！」

武装した労働者達が、怯んだ警備兵達に襲いかかる。警備兵達は各々の持つ銃器で応戦しようとするが、シグルドの機関銃がそれを的確に弾(はじ)いた。

出入り口の反対側を警備していた者達も騒ぎを聞きつけてやってくるが、彼ら目掛けて、不吉な音を立てながら何かが飛来した。

「ロケット弾だ！」

「なんで⁉」

警備兵達は悲鳴をあげ、遊馬が思わず目を剝(む)く。

ロケット弾は警備兵達の目の前に着弾し、ちゅどーんと無慈悲な音を立てて彼らを吹っ飛ばした。

「よし、ストライク！」

最後列で、ステラがガッツポーズをしていた。彼女は、バズーカ砲を肩に担いでいた。

「なんてものを……」

「処分場にあった兵器を直しただけよ。ほら、次の発射準備をするから守って」

「は、はい！」

ロケット弾を装塡(そうてん)し直すステラの前に、バックラー状のシールドを展開した遊馬が立ちはだかる。

「このっ！」

逆上した警備兵が発砲してきたが、エーテル・ドライブが弾丸を容易に弾いてしまった。当たった時の振動によろけそうになるものの、撃たれたはずの遊馬には傷一つない。

「ひぃ……はぁ……」

やった、と声を上げようとしたが、悲鳴じみた吐息しか零れなかった。銃口を向けられたのが、あまりにも恐ろしかったのだ。

「上手いじゃない！」

ステラはサムズアップをしてみせる。

「ど、どうも……」

震える身体に鞭を打ち、次はどこから弾丸が飛んで来るのかを見極めんと戦場を見回す。

弾丸の衝撃を受けた腕がわずかに痺れている。その感覚が、これは現実の戦いなのだと実感させる。

二丁の銃を手に、レオンは警備兵達を次々と倒していく。銃さばきは華麗なことこの上なく、自分が戦いの場にいなければ見惚れていた。

銃声や金属音が止むまでに、それほど時間はかからなかった。

警備兵達は次々と地に伏して行き、最後の警備兵もまた、労働者の怒りがこもったツルハシ攻撃によって倒れた。

「よし。増援が来るまでに片付けられたな」

レオンは、立っている警備兵が一人もいないことを確認した。

エレベーターが設置された建物の前では、星晶石の炎の壁がまだ燃えていた。増援が来ても、レオン達に手出しは出来ないだろう。

だが、レオンの足元に転がっている警備兵は嗤（わら）っていた。負傷して動けないにもかかわらず、不敵な目をしていた。

「イキッてられるのも今のうちだぜ、テロリストども。上層の治安維持部隊が、じきに来る」

「治安維持部隊ですって⁉」

驚愕（きょうがく）したのはステラだった。レオン達もまた、ハッとする。

「グローリア本社の特殊戦闘員……！　俺達を消耗させたのは、そいつで確実に叩（たた）くためか……！」

レオンいわく、主に上層でトラブルがあった時に出動するらしい。警察のような役回りだが、武力行使を得意とする分、軍隊に近いのだろう。中層は基本的に管轄外とのことだったので、エレベーターを確保してから武器保管所の武器を奪い、上層での激突に備える予定だったのだ。

遊馬は、燃え盛っていた炎が揺らいだのに気づく。その向こうに、人影が見えるような気がした。

「レオン、危ない！」

遊馬がとっさに叫び、レオンが反射的にしゃがみ込む。その頭上を、斬撃が切り裂いた。

炎は掻き消え、周囲にいた労働者達が手にしていた鋼鉄の盾が真っ二つになる。飛び出してきたのは、一つの影であった。

「なっ……！」

二撃目がレオンに振り下ろされ、レオンは銃身で何とかそれを受け止める。火花が散り、エーテル・ドライブが鈍く輝いた。

「避けた上に、受けたか。流石はレジスタンスのリーダーといったところだな」

炎の向こうから現れたのは、制服姿の女性であった。軍服を連想させる黒衣を身にまとい、冷たい瞳でレオンを見下ろしている。

その手には、輝きに満ちた剣が握られていた。光が凝縮したような刃は、色味をゆっくりと七色に変化させている。

「エーテル・ドライブ……！　しかも、ブレードタイプの！」

「ブレードタイプって、剣だよね。銃の方が射程距離が長いし、強いんじゃあ……」

遊馬の言葉に、ステラは首を横に振った。

「射程距離はガンタイプの方があるけれど、ブレードタイプは小回りが利くの。しかも、治安維持部隊みたいな兵器を選べる立場で敢えてブレードを使うなんて、達人の域の実力に違いない！」

ステラは叫び、バズーカ砲を構える。だが、このままではレオンも巻き込んでしまう。

「治安維持部隊副隊長、ロビン。テロ組織のリーダーの首は、私が貰い受ける！」

「革命組織アウローラのレオンだ！　組織名くらい覚えとけ！」

レオンがロビンのブレードを弾き、後方に飛び退いて距離を取る。間髪を容れずに発砲するものの、ロビンはそれを上回るスピードでレオンの間合いに踏み込んだ。ロビンの背後で、氷弾が氷の華を咲かせる。ロビンの一閃がレオンに届く寸前で、レオンは銃でブレードを受けた。

「間合いの内側に入られたら、レオンは不利だわ……」

押されるレオンを、ステラはもどかしそうに見ていた。シグルドを始めとする労働者達も、遊馬も同じだ。

「リーダーの助太刀をしたいところだが、俺達が行ってもなます切りにされちまうだけだな……」

シグルドは呻いた。

二人の動きが、あまりにも速すぎる。手を出そうにも、目で追うのがやっとだった。

「人々の生活を脅かす貴様らなど、テロ組織で充分だ！」

ロビンは吼えながらレオンを追い詰める。

「そういうお前達も、俺達の生活を犠牲にして私腹を肥やしやがって！　上層の富裕層のために労働者が奴隷のように働く日々は、もううんざりだ！」

レオンも負けじと、距離を取りつつ銃で応戦する。だが、ロビンの身のこなしは軽く、一撃もかすらない。

「富裕層がなぜ富裕層かもわからないのか！　彼らは相応の努力と労力を以って、その地位まで上り詰めたのだ！　それに、私腹を肥やしているわけではない！」

「なんだと……？」

後半の言葉に、レオンは怪訝そうな顔をする。

「我々は、一度たりとも贅沢をしていない！　常に市民全体が生き残ることを考えている！　汚職者がいれば、それを罰するのが我々の役目だ！」

「そうか。そのための、治安維持部隊……」

ステラはハッとしていた。彼女は汚職とは無縁だったため、治安維持部隊の本来の仕事をしている現場に居合わせたことがなかったのだろう。

「それじゃあ、労働者の締め付けが強くなってるっていうのは、上層も同じ状況だってことかい」

「ああ。人口の増加に資源の確保が追いついていないのが現状だ……。苦労をさせていることは心苦しいが、我々もまた節制を強いられている」

彼女が言う資源の中に、星晶石も入っているのだろう。ロビンの表情は曇るが、その剣閃は衰えていなかった。

「だったら尚更、星晶石での発電をやめた方がいい。再生可能なエネルギーで発電すべきだ！　俺達はそいつを推進するために戦っている！」

「はっ、再生可能だと⁉　あの、風が止まったら停止してしまう頼りない風車のことか！」

ロビンは鼻で嗤う。

「貴様らがジェネレーターを潰したせいで、迷惑を被っている市民もいることを知らないのか！」

「迷惑を……被っている……？」

「大多数の健常な者達は、あの不安定なエネルギーでもやりくりが出来るだろう！だが、常に一定の電力を必要としている病院はどうだ！貴様らがジェネレーターを潰した区域の病人が、他の区域に転院せざるを得なかったという報告もある！」

「なっ……！」

それは、レオンには見えなかったことだった。彼らの行いが、必ずしも弱者の役に立っているわけではなかった。

「だが、ジェネレーターは危険すぎる！そして、プラントも！そいつが事故を起こした時、お前達はどう責任を取るつもりだ！農業区域のジェネレーターの事故の時は、金だけ積んで終わりだっただろう！金を積まれても、家族は戻って来ないのに！」

「ぐっ……」

後方に飛び退いてトリガーを引いたレオンの弾丸が、ロビンの頬を掠める。炎の軌跡を背に、彼女は動揺しながらも踏み込んだ。

「発電施設は、常に改良している！あのような悲劇を、もう二度と起こさない！」

「事故の前にも、事故を起こさない安全な発電施設だって宣言したよな⁉　絶対安全なんてことはねぇんだ！　だったら、リスクが低い方を取れ！」

ギィンと耳障りな音を立てて、二人の武器が交わり合う。火花が散り、二人は肉薄した。

「アルカ中に、あの頼りない風車を乱立させる気か……！」

「いいや。でかい花火を打ち上げて、都市の上空を覆う暗雲を晴らす。そうすれば、太陽光が確保出来る」

「そいつも不安定なエネルギーだろう……！　仮に光を得たとして、再び暗雲で閉ざされたらどうする気だ！」

「その前に、他の発電施設を建設する！」

叫ぶロビンに負けじと、レオンが吼える。

「地熱だとかバイオマスだとか、色々あるじゃねぇか！　俺達は、星晶石に依存する前に戻ればいい！　いくら優れた資源だろうと、一つに頼りすぎれば終わりはすぐに来ちまう！」

「前時代に戻れというのか！　星晶石の方が、圧倒的に効率がいい！　その効率のよさで、救えるものもあるんだぞ！」

「それでも、事故ってみんなオシャカになったら意味がねぇんだよ！」

完全に平行線だった。そして、実力もほぼ互角だった。

双方のエーテル・ドライブが交わる様子を観察しながら、遊馬はあることに気づく。ロビンのブレードは星晶石が発生させた炎も切り裂き、鋼鉄をものともしないが、レオンの銃は傷一つつけられない。

「そうか。エーテル・ドライブ同士は傷つけられないのか……」

「星晶石さえ、チャージしていればね」

ステラは遊馬に補足する。

つまりは、星晶石が尽きた方は負けが確定する。ロビンのブレードは遊馬のシールドと同じく、星晶石を少しずつ消費していくタイプらしいが、レオンは発砲するたびに星晶石一つ分を消費する。

弾丸が尽きれば、攻撃も防御も出来ない。そして、防御をするためには最後の一発を残しておかなくてはいけなかった。

絶え間なく、銃身での防御と距離を取っての攻撃を繰り返しているレオンには、星晶石を充塡する余裕もないし、既に弾倉には一つずつしか弾が込められていないのではないだろうか。

だが、レオンの目は死んでいなかった。何かを探るように、注意深くロビンを見つめている。

チャンスを窺っているのかもしれない。

そう思った遊馬は、むんずと自らのエーテル・ドライブを摑んだ。

「ステラ、ごめん！」

「えっ？」

目を丸くするステラの前で、遊馬はバングルを外した。シールドを、展開したままで。

「ちょっと、何を……！」

「くらえーっ！」

遊馬はロビンの気を引くために、ありったけの声をあげる。

ロビンが振り向くのと、シールドタイプのエーテル・ドライブが二人の間に割り込むのは、ほぼ同時だった。

「なっ、こいつ！」

ロビンは反射的に斬り伏せようとするが、チュイィンと高い音を立てながら切っ先が弾かれる。シールドタイプは、防御に特化している。そのため、銃よりも強い反発力が彼女を襲った。

ロビンに、大きな隙が出来た。

「やるじゃないか、ユマ」

レオンは無防備なロビンに、二丁の銃を構える。

「俺は最後に氷の弾丸を二つ残している。それが、何のためだかわかるか？」

「この……！」

ロビンは体勢を整えようとするが、レオンが引き金を引く方が早かった。

「こういう使い方があるからさ。──ぶっ飛べ！」

重なった二丁の銃口から、氷の弾丸が飛び出す。二つの軌跡はぶつかり合い、火花を散らし、やがて、渦巻く雷撃となった。

「ぐあっ！」

雷撃をまともに受けて、ロビンはのけぞる。後方に吹っ飛び、地面にたたきつけられて沈黙した。

「やった……！」

「氷の力同士をぶつけて、電撃を発生させたのね！　レオンのエーテル・ドライブは炎と氷だけしか使えないと思ったけど、あんな戦い方があったなんて」

「あいつは、うちのリーダーの大技でね。星晶石を二倍消費するから、使いどころが難しいんだが……。いやはや、流石だぜ」

遊馬が胸をなでおろし、固唾を呑んで戦況を見守っていたステラやシグルド達は歓声を上げる。

レオンはバングルを拾い上げ、シールドを納めてから遊馬に放った。

「貴重なエーテル・ドライブを投げるとは、お前も大胆だな。だが、その機転に救われたよ」

「上手く行って、本当に良かった」

遊馬はバングルを嵌め直し、レオンに笑いかける。レオンもまた、遊馬に微笑み返した。

その背後で、ロビンが咳き込みながらも体を起こそうとする。

「まさか、まだ動けるとはな。その制服は、対エーテル・ドライブ装備か……！」

一同は警戒するが、彼女のダメージは大きく、立ち上がるには至らない。彼女は肩で息をしながら、呻くように声を振り絞った。

「この先へは、行かせない……！　市民の生活は、私が守らなくては……」

「悪いな。お前が上の連中を守りたかったように、俺も下の連中を守りたいんだ。だが、お前の忠告は心に留めておくよ」

レオンの眼差しには、わずかに罪悪感が窺えた。人々のためを思ってやった行動が、一部の人間を苦しめていたことを知ったからだろう。

「行くぞ。ひとまず、エレベーターの主導権をこちらで握ろう。これ以上、増援が攻めて来ないように」

レオンは今後の作戦を説明しつつ、建物へと向かう。

その時だった。大地が、激しく揺れたのは。

「なんだ……？」

足の底から不吉な地響きを感じる。

だが、足元にあるのはただの大地ではない。中層の地面は、下層の天井だ。

これはロビンも予想外だったようで、こわばった顔で辺りを見回していた。

「何が起こった！」

「……建物の中に、モニターがある」

レオンが問うと、ロビンはそう返した。彼女もまた状況を把握したいのか、痛む身体で立ち上がろうとしていた。

「ロビンさん……！」

遊馬が駆け寄り、肩を貸す。

「すまない……。お前は確か、ジャンクヤードで保護された難民か……？」

「僕が保護されていたことまで知られてたんですね……」

スパイの訪問商人が下層に出入りしていたのだから、一風変わった難民が入ってきたことは把握済みだろう。だが、巫女として担ぎ上げられていることと、異世界から来たということは知られていないらしい。

「そんなことより、早く早く！」

ステラが遊馬とロビンの背中を押す。レオンは建物内の安全を確認するために先行し、ロビンに案内されながらモニタールームへと急いだ。

モニタールームには、幾つものモニターがあり、中層の各地区と下層のエレベーター付近を映し出していた。壁には武器が掛けられ、弾丸が入った箱も幾つか積み上げられていた。

メインエレベーターに配備された警備兵が、モニタールームにて不審がないか監視していたのだろう。もっとも、彼らはレオンらが既に片付けてしまったが。

「おい、これは……どういうことだ……？」

下層のモニターには瓦礫の山が映っていた。それはエレベーター付近のみならず、ジャンクヤードの居住区まで続いている。

「下層の居住区が、爆破された……？」

ロビンは、信じられないものを見るような目でモニターを見つめていた。先ほどの震動と、目の前の惨状は、そうとしか思えなかった。

下層の居住区というのは、ジャンクヤードのことだ。あそこには、ケビンやビアンカ、そして、女性や子ども達もいたのに。ジョンもまた、家族のために残ったというのに。

遊馬は、自分が震えているのに気づく。身体の芯から、急速に冷えるのを感じた。

その隣で、重々しい音がする。

レオンが膝からくずおれていた。凛々しい獅子の面影は失せ、ただ、絶望に打ちひしがれていた。

一同は沈黙する。

遊馬もアウローラの同志達もグローリアの戦士も、ただ、目の前の惨状に言葉を失っていたのであった。

EPISODE 03
グッドバイ・マイ・フレンド

要塞都市アルカの頂上に、グローリア本社があった。

かつては、最上階の社長室から露天掘りが窺え、鉱山労働者の様子を監視することも出来た。だが、鉱山街に身を寄せる人々が増え、その間に鋼鉄の大地を作らざるを得なくなった。

都市の直径を延ばすよりも、狭い範囲に密集させた方がエネルギー効率は良い。星晶石の採掘から始まった街は、全て星晶石を基準にして作られた。

「だが、皮肉なものだ。その星晶石が空から浴びるほどに降ってきて、今、まさに我々を死に至らしめようとしているのだから」

グローリアの若き社長、オウル・クルーガーは社長室にずらりと並んだモニターを注意深く見つめていた。

都市のあちらこちらに置かれた監視カメラが、今は住民を監視している。かつて、父や祖父が行ったように、逐一、現場に出向いて労働者達を監視しなくてもよくなった。

そのうちの一つが、通信モードに変わる。アルカの上層から地下までを繋ぐエレベーターの、上層フロアからだった。

『社長、全ての時限爆弾の作動を確認。作戦を遂行したことをご報告します』

ロビンと同じ軍服を着た男だった。敬礼する男に、「ご苦労」とオウルは淡々と答えた。

潜入ルートの地図を盗み出した訪問商人は、作物を売りつつ、下層のあちらこちらに時限爆弾を仕掛けていた。彼の狙いは、二つあったのだ。そして、それを指示したのはオウルであった。

『しかし、よかったのですか。あれでは鉱山労働者達が……。アウローラに与するものだけを排除すればよかったのでは』

「ムラクモ隊長」

軍服の男――ムラクモは、オウルに名を呼ばれてビクッと身体を震わせる。

「すでに、下層の住民ほとんどがアウローラに賛同している。中層の賛同者も馬鹿に出来る数ではない。君は、それを一人一人しょっぴけるというのか？」

『それは……』

「何事も、コンパクトな方がいい。労力も最小限が望ましい。下層を人為的に破壊することで、アウローラに与するものを減らすと同時に、見せしめにもなる。労働力であれば、自動掘削機が完成間近だ。不平ばかりで大局が見えない労働者は、もはや、生かしておく価値はない」

オウルはきっぱりと言い切った。ムラクモは口を開きかけたが、諦めるように頭を振った。

「君は部隊を待機させ、アウローラに備えろ」

潜入ルートによると、本社の正面から来ることになっていた。尤も、ステラが知っているエレベーターはそれくらいしかないからだ。基本的に、中層と上層を行き来できる人間は限られており、その限られた人間の大半は本社直通のエレベーターを使っている。屋内で警備が限られているため、レオンが率いる本隊ならば力押しで突破できると思ったのだろう。だが、そこに待機しているのが治安維持部隊であれば、話は別だ。

『アウローラを、一掃するのですね？』

ムラクモの問いに、「いいや」とオウルは言った。

「ロビンがいとも簡単に倒されたのは予想外だった。ダブルファングなら、こちら側に勧誘してもいい」

『テロ組織のリーダーをですか!?』

ムラクモは非難めいた声を上げ、慌てて口をつぐんだ。

「奴はエーテル・ドライブをほぼ完璧に使いこなしている。私の最終目標にも使えるだろう。一緒にいた難民も気になるが、まあ、必要というほどではないな」

『ですが……』

「ダブルファング以外は、処分をしていい」

『ロビン副隊長はどうします？　彼女は、このやり方に反発するかもしれません』

ムラクモは、オウルの顔色を窺うように問う。だが、オウルは表情一つ変えなかった。

「抵抗するなら処分しろ」

『そんな……！』

「ここで反発するならば、今後も同じ道を辿るだろう。ならば、今、引導を渡してやった方がいい。以上だ」

オウルは一方的に話を終え、ムラクモは『了解しました』と感情を押し殺すように一礼して通信を終えた。

社長室に、しんとした沈黙が戻る。あまりにも静かで、本社に接したプラントから低いタービン音が響いていた。

「私は、災厄を飼いならしてみせる。ここにいる優れた人類はなんとしてでも、存続させる。どんなに大衆を削ぎ落しても、どんな手段を使っても」

たとえ、大事なものを喪っても構わない。それが次に繋がるのならば。

「ロビン。お前の方が生まれるのが早ければ、ここに座っているのはお前だっただろうし、街の様子ももっと違っていたんだろうな」

オウルはぽつりと呟く。中層の監視ルームでレオン達とともに、愕然とした表情で下層の様子を見ているロビンを眺めながら。

モニターの向こうは、沈黙していた。

皆、下敷きになってしまったのか。それとも、助かった人がいるのか。それすらも、わからない。

「アンナ、ジェシカ、ジョン！」

シグルドは我を忘れたように、モニターに向かって家族の名を叫んだ。それを皮切りに、他の労働者達も残して来た者達の名前を叫び出す。

遊馬は、モニターの向こうの光景が信じられなかった。グローリアが見せる偽の映像なんじゃないかとすら思った。

「まさか、スパイの訪問商人が……」

「その可能性は……あるな。ここ数日、俺達は上層突入の準備に気を取られていた。その隙を衝かれたんだ……」

レオンは、悔しげに唇を噛み締める。

だが、レオンはハッとして、ロビンに摑みかかった。

「まさか、お前もこのことを知っていたのか⁉」

「違う……！」

負傷しているロビンは、緩慢な動作でレオンの手を振り払いながら、力強く否定した。

「私は……、市民を煽動するアウローラを始末したかっただけだ！　もし、彼らがアウローラに傾倒していようと、中心となっているお前達を潰せばやりようがあると思っていた……」

ロビンも忌々しげに、モニター越しの惨状を見やる。

「じゃあ、こちらの潜入ルートを知っていたのは……！」

「社長のオウルから指示があったのだと、隊長から通達があったんだ」

「そうか……。スパイを仕込んだのはオウルなんだ……」

オウルが訪問商人を操り、幼子のジョンの善意を利用したのだ。だが、そのジョンも、今は瓦礫の下敷きになっている。

やはり、最初から食料を流すつもりなんてなかったのだ。

遊馬は悔しさのあまり、拳を強く握りしめ、わなわなと震える。

「オウルは——社長は前々から、口減らしをしたいとぼやいていた。今の都市は、お前達が思っている以上に消耗が激しい。需要を満たすためには、供給を増やすのではなく、需要数自体を減らす必要があると言っていた……」

「クソッ！」

ロビンが言い終わるか終わらないかのうちに、レオンは踵を返し、監視室から出ようとする。

「レオン、何処に行くの!?」と遊馬はその背中に追いすがろうとした。

「みんなを助けにいく！　瓦礫の下敷きになっている奴が、大勢いるかもしれない！」

レオンの言葉に、労働者達は我に返る。彼らはレオンに続こうとするが、「待って！」とステラが制止した。

「私達が撤退したら、ここの警備だって強化されるはず。ジャンクヤードがあんな状態になってしまったら、装備を整えるのはもっと厳しくなる。二度と、攻め込めなくなるわ！」

「じゃあ、ジャンクヤードのやつらを見殺しにしろっていうのか！」

レオンは犬歯を剝き出しにして吼える。だが、ステラも負けていなかった。

「ならば、あなたは二度と太陽を取り戻せなくなってもいいの⁉ ロビンの話では、グローリアからは再生可能エネルギーを使おうという気配は感じられないし、もう一度攻められたら、ジャンクヤードは全滅よ！」

それに、とステラは遊馬の方を見やる。

「プラントに到達できなければ、ユマも還れなくなるじゃない」

「そう……だったな……」

レオンは思い出したように遊馬のことを見つめる。だが、遊馬は首を横に振った。

「僕はいいよ」

「ユマ⁉」

ステラとレオンは、驚いたように目を見張る。

「確かに還りたいし、母さんも心配だけど、みんなの家族の方が大事だから」

でも、と遊馬は続ける。ケビンやビアンカ、ジョン達の顔が頭を過ぎり、自身もレオン達とジャンクヤードへ戻りたいのを我慢しながら。

「僕もステラの意見には賛成だよ。オウルっていう人の目的はわかったし、ここで攻め込んだ方が、被害が一番少なくて済むと思う……」

「くっ……、そうだな……」

レオンは奥歯を噛み締めて堪えると、返していた踵をゆっくりと戻す。

だが、それでは、瓦礫の下敷きになった人々はどうするのか。一同で上層に攻め込むことは、彼らを見捨てることにも繋がるのだ。

そこで、やり取りを見ていたロビンが動いた。

「おい。リーダーとエーテル・ドライブ使いと重要人物だけ残って、あとは戻って救助をしろ」

「お前、何を……！」

「私も、お前達についていく。それで、戦力の埋め合わせは出来るだろう」

動揺するレオンに、ロビンは腹をくくった顔で言った。あまりにも、意外過ぎる選択肢だった。

「お前、グローリアを裏切るのか？」

「違う」

ロビンはきっぱりと否定する。

「だが、ここで無力な市民を見殺しにするのは私の理念に反する。本当は私が救助に行きたいくらいだが、私はオウルの真意を問いたださなければならない」

「お前……」

「グローリア社自体に反旗を翻したいわけではないが、オウルのやり方には異を唱えたい。そのために、私は今、お前達につく。お前達は考えが至らなかったがゆえに犠牲を出したが、オウルは意図的に犠牲を出している。そんなこと、許されることではない」

ロビンの固めた拳は、軋むような音を立てていた。彼女の心は、オウルへの怒りでたぎっているのだろう。

オウルのやり方に憤りを感じている遊馬にとって、その感情が頼もしかった。立場や主張が違う相手とも、一つになれる気がしたからだ。

「治安維持部隊の召集がかかっていた。お前達が先に進むことを選択してもいいように、オウルは手はずを整えている」

ロビンは、己のエーテル・ドライブに星晶石を放り込みながら準備を整えていた。レオンもまた、彼女の心意気を受け取るように頷く。

「そういうことだ。お前達、ジャンクヤードに戻ってみんなの救助をしてくれ。一人でも多く助かるように……頼む……」

レオンは、シグルドを始めとする労働者達に向かって深々と頭を下げる。そんな彼に、シグルド達もまた、頷いた。

「頭を下げたいのはこっちの方さ。……必ず、みんなを助ける」

シグルドの横で、労働者達は何度も頷く。

シグルドとレオンは、固い握手を交わした。

「レオン達も、気をつけてな。武運を祈るぞ」

「ああ。オウル・クルーガーはぶっ飛ばし、太陽を取り戻す」

彼らは頷き合って踵を返し、それぞれの目的地へと向かう。

本社に攻め込むのは、レオンと遊馬とステラ、そして、ロビンの四人となった。

エレベーターに乗る前に、レオンは遊馬の前で立ち止まる。

「悪かったな」

「えっ、なにが？」

「お前のことをないがしろにしようとした」

「そんなの、仕方ないよ。僕が同じ立場だったら、絶対に動揺するし……」

遊馬は困ったように笑ってみせる。すると、レオンの大きな手が遊馬の頭にポンと載せられた。

「お前は強いよ」

「えっ？　レオンの方が、ずっと強いよ⁉」

「戦力的にってことじゃない。心がってことさ。平和な世界から来たからって、侮っていた。悪かったな」

レオンはそれ以上語ろうとはせず、上層行きのエレベーターへと乗り込む。

「それじゃあ、私達も踏んばりますか。失敗したら、顔向けできないしね」とステラもまた、レオンに続いた。

「お前は何処から来た？　あの大胆な戦い方といい、妙に綺麗な肌といい、ただの難民ではなさそうだが」

ロビンはじろじろと遊馬のことを眺めながら、エレベーターに乗り込む。

「まあ、色々とありまして……」

遊馬も乗り込むと、エレベーターの扉は閉まった。

エレベーターで昇る時に、ステラが遊馬の事情をロビンに説明する。

彼女は遊馬が男だと知って、「道理で、違和感があると……！」と目を剝き、異世界から来たという話は「そんなことがあるのか……」と、一笑に付さずに信じていた。根は素直な人なのかもしれない、と遊馬は思った。

そうしているうちに、エレベーターが停止する。

レオンは銃を構えながら、隣にいる遊馬に指示をした。

「ユマ、シールドを展開しろ。防御を頼めるか？」

「う、うん」

ひりつくような空気を感じる。エレベーターの外からだ。

遊馬はシールドを展開し、ステラ達を守れる位置についた。

エレベーターの重々しい扉が開く。その瞬間、「撃て！」という掛け声とともに、けたたましい銃声と銃弾の嵐が遊馬達を襲った。

「くっ……！」

警備兵のものとは全く物量が違う一斉射撃に、遊馬はシールドごと押されそうになる。

「耐えろ！」

レオンは遊馬の肩を叩いて活を入れた。遊馬が歯を食いしばって踏んばり、シールドで弾丸を防ぐと、レオンがエーテル・ドライブで炎撃を放った。

ぼっと火柱が立ち、銃撃が止む。

そこで初めて、遊馬は顔を上げられた。腕はびりびりと痺れ、シールドを支えるのもままならない。

しかも、今の一斉射撃で星晶石をずいぶんと消費してしまった。恐らく、それが彼らの狙いだったのだろう。

エレベーターの正面には、吹き抜けの広いロビーがある。普段はビジネスマンや要人がいるだろうその場所には、ロビンと同じ制服を着た人々が、ずらりと隊列を組んで銃口を向けていた。

「ムラクモ隊長！」

ロビンがシールドの背後から前に躍り出て、遊馬達の前に立ちふさがる。

彼女の視線の先には、部隊の指揮官らしき男が立ちはだかっていた。制服に合ったデザインの軍帽を目深にかぶっているが、レオンとそれほど年齢が変わらないであろうことが窺える。

しかし、その瞳は鷹のように鋭く、獲物は決して逃がさないと言わんばかりであった。

「やはり君は反旗を翻したか、ロビン・クルーガー副隊長」

ムラクモが発したロビンのファミリーネームに、遊馬達は耳を疑う。

「クルーガーって、グローリアの社長と同じ……！」

「そうだ……。オウル・クルーガーは、私の兄だ……」

ロビンは、呻くように自らの正体を明かした。

彼女はオウルの妹だったからこそ、オウルの思想を間近で知ることが出来た。オウルの妹だったからこそ、複雑な想いも抱いていたのだろう。

そんな彼女の気持ちを察してか、レオンもまた、苦々しい顔をする。

だが、ムラクモは淡々とロビンに告げた。

「君は社長から重役の席を用意されながらも、自ら治安維持部隊に志願して、実力で副隊長となった。その姿勢には、敬意を表するほどだ」

「設備が充実した本社にこもりっきりでは、市民の生活が見えてこない。市民の生活が見えなければ、道を誤ることがあるだろう。だから私は、人々の暮らしを間近で守る場所を選んだだけです」

「その気高さを、個人的に評価していた。だが、残念だ」

ムラクモがすっと右手を上げると、隊員の銃口はロビンに向いた。

「社長は、君が反旗を翻した時に処分をしろと命じられた」

「チッ……！」

ロビンが手にしたエーテル・ドライブの柄を振るうと、星晶石の輝きに満ちた刃が出現する。

「まともに相手をするな！　突破するぞ！」

レオンは銃口を天井に向ける。彼が撃ったのは、ロビーにある豪奢なシャンデリアの提げ紐だった。

紐が切れたシャンデリアは踊るように光を散らしながら、下にいた治安維持部隊を押し潰さんとする。だが、ムラクモが「散開！」と叫ぶと、彼らは統率が取れた動きで四方に散った。

落下したシャンデリアは粉々になり、破片が大理石の床に飛び散る。ガラスの破片をかき分けて、ロビンが刃を振り被った。

彼女が目掛けたのは、部隊が手にした銃器だ。しかし、間合いに入るより早く、ムラクモが拳銃の引き金を引いた。

「ぐぅっ……！」

乾いた音とともに、くぐもったロビンの悲鳴があがる。ムラクモの鉛の弾は、彼女の腿を冷酷に貫いていた。

動きを封じられたロビンは、その場にくずおれる。

「ロビンさん！」

「まずは一人」

ムラクモが遊馬達に視線を向けると、部隊の銃口もまた、一斉に向けられた。

「くっ！」

遊馬はステラを庇いつつエーテル・ドライブを作動させようとするが、間に合わない。

「ユマ！　ステラ！」

治安維持部隊の無慈悲な銃口が火を噴くのと、レオンが飛び出すのはほぼ同時だった。

レオンは、遊馬とステラを突き飛ばす。だが、遊馬の目の前に鮮血が散った。

「レオン……！」

レオンは膝を折り、脇腹を押さえる。ぽたぽたと流れる血が床を真紅に染め、レオンの靴を血で濡らした。何発か、喰らってしまったのだ。

「来るな！」

駆け寄ろうとする遊馬に、レオンが一喝する。

「お前達は、一旦退け！　俺は必ず、オウルをてっぺんから蹴落とす！」

「でも……」

遊馬は躊躇するが、ステラがその腕を摑んだ。

「行くよ！　ここにいても、殺されちゃう！」

ステラの言うとおりだ。先ほどの銃口は、確実に遊馬達の左胸を狙っていた。

「生きて、また会うぞ……」

二、三度咳き込みつつも、レオンは遊馬に微笑みかける。

「うん……！」

遊馬はステラに引きずられるようにして、その場から離れる。レオンとロビンは、治安維持部隊に包囲されていた。

「殺すな。生け捕りにしろという命令だ」

ムラクモの声が聞こえる。だが、それを掻き消すような足音が、遊馬達に迫っていた。

「やっぱり追って来るよね！　そうですよねーっ！」

ステラと遊馬は、数人の治安維持部隊に追いかけられる。ステラはロビーから延びた白い廊下をひた走っていた。

「ステラ、この先は何？」

「研究所！　そこから社長室直通のエレベーターがあるから！」

そんな二人の真横を、銃撃が掠める。ステラは胸ポケットからカードを取り出すと、遊馬に握らせた。

「この先の研究所なら身を隠せるはず。私のカードキーを使って。ＩＤを管理しているのはユウナギ所長だから、まだ権限が消えていないはず。彼、研究以外に全然興味がないから」

「ステラは⁉」

「私は、ちょっと道を塞ぐ！」

廊下の角を曲がると、ステラはバズーカ砲を構える。ロケット弾で、天井を崩すというのだ。

「成功するように祈ってて！」

「わかった……！」

遊馬が駆け出すと、背中越しに爆音と轟音が聞こえた。遊馬はただひたすら、振り返らずに研究所を目指す。

ステラとレオン、そしてロビンの無事を祈りつつ、遊馬は通路を往く。

グローリア社の中は、ジャンクヤードとは全く違っていた。東京都内にある企業のビルと変わらない光景が、そこにあった。

朝早いためか、社内はしんと静まり返っていた。そんな中、機械音が廊下の向こうから聞こえてきたが、構える間もなく、それがお掃除ロボットだというのに気づいた。

「ロボットもあるのか……」

お掃除ロボットは遊馬が知っているものよりも一回り小さく、技術的にかなり進歩しているのが見て取れた。このままだと、星晶石の採掘も自動で出来るのでは、と遊馬は思った。

「そうすれば、危険もないのに。でも、そうなると労働者はいらなくなるのか……」

自動化すれば、その分だけ雇用が減る。だが、人々は煩わされることが減って生活が豊かになるはずだ。

しかし、この都市の資源は限られているし、刻々と物資の底が見えてきているのだという。

「だけど、口減らしをしたからって物資が確保できるわけじゃない。滅びるまでの時間稼ぎが出来るだけだ……」

シールドをいつでも展開出来るようにと身構えながら、慎重に廊下をひた走る。

だが、幸い、お掃除ロボットくらいにしか会わなかった。警備はアウローラの対処で出払っているのだろう。

監視カメラはところどころにあったので、出来るだけ姿勢を低くして、死角に潜るようにしていた。

「レオンは一体、どこに連れて行かれたんだろう……」

社長の命令で生かしておけということだった。ならば、社長室だろうか。

だったら、早く合流しなくては。レオンは負傷している。今、守らなくてはいけないのはレオンの方だ。

(焦るな……。判断を誤るぞ……!)

遊馬は自分に言い聞かせる。

本当は、今すぐにだって来た道を戻りたい。レオンの前に立ちはだかり、エーテル・ドライブで守りたい。

しかし、それが不可能なのはわかっていた。

「僕は、前に進まないと……」

社長室まで辿り着き、レオンを助けてオウル・クルーガーを失脚させ、プラントを制圧しなくてはいけない。

星晶石発電のプラントを止めることも目的としている割には、プラントを利用してなすべきことは多かった。

一つは、遊馬がアルカに来た直前に見た星晶石の反応を再現することである。これが成功すれば、遊馬は元の世界に戻れるかもしれない。

もう一つは、エネルギー砲台とやらを使って星晶石の力で塵の雲を吹き飛ばすということだ。

星晶石の塵に星晶石の力をあてていいのかと遊馬は疑問に思ったが、どうやら、双方をぶつけることで化学反応が発生して分解できるのだとステラは言っていた。

「待てよ。鉱山街が発達した都市に、どうしてエネルギー砲台があるんだ？」

塵の雲を晴らすためにエネルギー砲台を使うのだが、そもそも、何故そんな兵器が存在しているのか。

そんな兵器がある割には、今回のジャンクヤード掃討作戦では使われていない。というか、都市はコンパクトにまとまっているので、都市の一部に向けて撃つのであれば、至近距離に攻撃することになる。それすなわち、都市全体にも被害が及ぶのではないだろうか。

では、一体、何のために作られたのか。アルカの周辺には何も見当たらなかったし、こんな世界で外敵がいるとは思えないのに。

「まさか……」

嫌な予感が頭を過ぎる。攻めて来る敵は見当たらなかったが、攻めて行こうとしているのならば――。

遊馬が目視出来る距離なんてたかが知れている。アルカから見えない範囲に、それこそ、山脈の向こうにアルカのような都市があるかもしれない。

もし、そこが物資に溢れていたり、アルカよりも生き易い環境だったりしたら――。

「あっ、ここか……！」

気付いた時には、白い扉の前にいた。

ご丁寧に『Laboratory』と書かれており、目的地だということを示している。

まだ誰も出勤していないことを祈りつつ、遊馬はカードキーを使って扉を開く。

まず視界に入ったのは、真っ白な世界だった。人工的な光を反射する白い壁に、目がくらみそうになる。

だが、少しずつ目が慣れてくると、研究所の全容が明らかになった。

いくつもの機材がずらりと並び、点けっぱなしのコンピューターが自動的に処理をしている。それ以外はしんと静まり返っていて、人の気配はなかった。

「よかった。誰もいない……」

身を隠すところも沢山あるし、機械だらけの部屋で戦闘をする者はいないだろう。

全速力で走ってきたため、遊馬はすっかり疲れていた。せめて足のふらつきを抑えようと、深呼吸をして身体を落ち着ける。

ブーンと低い機械音が聞こえる。部屋の中央にある機械からだ。

棺(ひつぎ)のように横たわる大きな機械は、一部がガラス張りになっていて中の様子が窺(うかが)える。

どうやら、コンピューターで制御された機械が、金属質のものを加工しているようだった。

「これって、エーテル・ドライブ?」

遊馬は自分の右腕にはめたバングルを見つめる。素材が、よく似ているのだ。

金属質なのだが、遊馬が見たことのある金属とは少しばかり光沢が違うような気がしていた。恐らく、星晶石と相性のいい金属で、この世界でしか取れない原料で造られているのだろう。

だが、加工されているものがエーテル・ドライブだとしても、遊馬は小首を傾げざるを得なかった。

遊馬のシールドタイプはバングル、レオンのガンタイプは銃そのものだし、ロビンのブレードタイプは柄(つか)の形をしていた。

だが、目の前にある兵器は、長柄の武器だ。刃のない槍(やり)に近いかもしれない。

他にも、似たような兵器が並んでいた。だが、どれも、シールドやガン、ブレード以外の形状であった。

「新しいエーテル・ドライブを作っているってこと？　物資はひっ迫しているのに、戦力は増やそうとしている。やっぱり、これは——」

「ユマ君！」

部屋の奥の扉が開き、誰かがやって来た。別室に人がいるかもしれないということまで、遊馬は気が回らなかったのだ。

だが、その声と姿に見覚えがあった。

「ミコト……？」

坑道の奥で出会った、不思議な少年である。彼は無邪気な笑顔で遊馬に歩み寄り、嬉しそうに手を取った。

「まさか、こんなところで再会するなんて！　やっぱり、君は僕に引かれているんだね！」

「な、何言ってるの……？　っていうか、どうしてここに？」

「それはこちらのセリフなんだけど、ユマ君はなんでここにいるのかな？」

ミコトは、油断ならない目で遊馬を見つめる。遊馬は答えあぐねて、何度か言葉を呑み込みながら答えた。

「それは、レオ……いや、僕が……僕の世界に還るために」

「そうか。還ってしまうんだね。それを勧めたのは僕だけど、やっぱり寂しいな」

遊馬の答えに、ミコトは心底残念そうな顔をした。遊馬を異邦人だと見抜いた少年は、遊馬が元の世界に還るという発言も、何の疑問もなく受け入れていた。

いったい彼は、何者なんだろうか。

いや、それよりも――。

「やっぱり、この先にある巨大プラントを使えば僕は還れるんだね」

すると、ミコトは「うん」と無警戒に頷いた。

「星晶石に導かれたのならば、星晶石によって還ることだって出来る。帰り道は、その子が教えてくれるよ」

ミコトは、遊馬のポケットを見やる。ミラビリサイトの小瓶が入っている場所だ。

遊馬は思わず、半歩退く。ミコトには、何でもお見通しということなんだろうか。

「君ともっと話をしたかったし興味があったんだけど、残念だね」

「僕に、何の興味が？」

「色々あるさ。まさか、星晶石が異邦人を呼び寄せるとは思わなかったから」

「僕もまさか、新鉱物で異世界に来られるとは思わなかったけど……」

「君は、この世界が異世界だと思っているのかい？」

「えっ？」

ミコトは微笑みながら首を傾げてみせる。

彼の笑顔の底が知れない。あどけない顔をして、一体、何を考えているのか。

その時、ミコトがやって来た部屋の扉が静かに開く。

「しまった、もう一人……！」

遊馬はエーテル・ドライブを構え、ミコトはぱっと表情を輝かせて手を振った。

「ヤシロ君！」

扉の向こうからやって来たのは、銀の髪をした年齢不詳の男だった。

肌の張りや艶は若く見えるが、感情が読み取れない切れ長の瞳が、彼を生身の人間の雰囲気から遠ざけていた。

やけに整った顔立ちも相俟って、作り出された存在のようにも見える。

だが、銀縁の眼鏡越しに窺える瞳が自分に向けられた時に、遊馬はそれを撤回した。

彼の眼差しは刺すように冷たく、とてもではないが、人間に向けられるようなものではないし、作り出された存在が出来るようなものでもない。

この視線に、覚えがある。

「あんたは、坑道にいた科学者……。やっぱり、ヤシロ・ユウナギっていう人だったんだ……」

すらりとした白衣姿も、見覚えがあった。

一方、会ったことすら記憶になさそうな冷めたヤシロに、ミコトは言った。

「この子だよ。マスク無しで晶洞にいても平気だった子」

「ほう」

ヤシロは、かけていた眼鏡のフレームを持ち上げ、遊馬のことを見つめる。

「ひぃ！」

遊馬は思わず悲鳴をあげた。彼の視線は一変して、熱を帯びたものになっていたからだ。

「あなたには見覚えがあります。労働者とともに坑道にいたでしょう？　あの時は失礼しました。まさかあなたが、ミコトさんと遭遇した人物だとは」

口調は、アルカの人間にしてはあまりにも丁寧だった。

しかし、慇懃無礼なほど淡々としており、習慣で丁寧な言葉を使っているに過ぎないようだ。

つかつかと歩み寄って来た彼は、遊馬の腕をガシッと摑んだ。その力強さは、本物だった。

「あなたには興味があります。解剖をしてみて構いませんか？」

「だめです‼」

何ということを聞くのか。正に、マッドサイエンティストだ。

対してミコトは、「相変わらずだよね」と笑って見ている。そんなことをしていないで、助けてほしい。

「それを言うなら、ミコト君だってマスクしてませんでしたから！」

遊馬はヤシロの手を払う。だが、ヤシロは平然としていた。

「ミコトさんのことは、もう知っています」

「まさか、解剖を……」

「そこはご想像にお任せするよ」

ミコトは口を挟みつつ、恐ろしいことを言った。想像するまでもなく解剖をしていないのだろうが、ミコトとヤシロが放つ雰囲気は独特で、常識では計り知れない。

それにこの二人、闖入者がいるというのに警備兵に通報しようともしない。

遊馬一人ごとき、楽に倒せるのかという考えすら過るが、貴重な機械が多そうな場所で戦うようにも見えなかった。

遊馬が警戒していると、背後の扉が勢いよく開け放たれる。やって来たのは、ステラだった。

「待たせたわね！　ユマ、無事⁉」

あちらこちらが薄汚れたり擦り切れたりしているものの、彼女に目立った外傷はない。

バズーカ砲が見当たらないが、弾切れを起こしたか故障したかで置いてきたのだろう。

「ステラ、無事でよかった！」

「多少、手こずっちゃったけどね。――って、ユウナギ所長……！」

ヤシロの顔を見て、ステラの表情がこわばる。

「お久しぶりです、ステラさん。研究所に戻ろうという気になりましたか？」

相手が全力で警戒しているにもかかわらず、ヤシロはすれ違った知り合いに挨拶をするくらいの気軽さで尋ねる。

「お生憎さま。研究所を通過して、レジスタンスのリーダーを助けてあんたたちの社長をぶん殴りに来たのよね」

ステラは不敵に笑いながら吐き捨てた。

「ああ、そのような用件で。それならば、どうぞ」

ヤシロは、あまりにもあっさりと道を譲った。それには遊馬も面食らい、「い、いいんですか？」と聞いてしまう。

「手伝う気がなければ研究の妨げになるので、通行するならばお早めに」

「でも、その研究の依頼と資金を工面している社長を失脚させようとしているんですけど……!?」

「私は――」

ヤシロは、あまりにも冷ややかな眼差しを遊馬に向ける。あの、心底興味がないという視線だ。

「星晶石に興味がある。好奇心が満たされるならば、所属する組織は問いません」

「なっ……！　それは、あんまりにも……！」

思わず食って掛かりそうになる遊馬であったが、ステラが抑える。

「気にしちゃ駄目……！　彼は、そういう人なの……！」

「でも……」

「星晶石のことならば、彼が一番知ってる。プラントを押さえた後も、彼の力を借りることになるかもしれないし……」

「う、うん……」

遊馬は何とか引き下がる。

ヤシロは優秀な研究者だが、興味があることにしか心が動かされないのだろう。そこに忠誠心も義理もないのだ。

だからこそ、社長がどうなろうと興味がないし、研究が続けられるのならばレジスタンスにも従うというのか。

「いいのかな……それって……」

「私も、ユウナギ所長の考えは苦手だけど……」

ステラは感情を動かさないヤシロから目をそらし、遊馬を奥へと促す。

今はヤシロよりも、レオンの方が大事だ。

「ユマ君！」

遊馬の背中に、ミコトの声がかかる。振り向くと、彼はひらひらと手を振っていた。

「まいたね！」

「う、うん」

何が、「また」なんだろう。プラントを押さえた後のことを言っているのだろうか。

首を傾げながらも、遊馬はミコトに頷いてみせた。すると、彼は満足そうに微笑んで

「不思議……」

「あの子が、ミコトっていう子？」

「あ、うん。坑道で会ったっていう……」

「やっぱり、見たことがない子ね。私が離れた後に入ったんだろうけど、なんか、不思議……」

ステラはミコトの方を眺めながら、ポツリと呟いた。

研究所の奥に、小さなエレベーターがあった。人が四人入れるかどうかという広さで、研究員と要人くらいしか使っていないことが窺える。

要人とはもちろん、オウル・クルーガーのことだ。

グローリア本社のビルと研究所は隣接しており、通路とエレベーターで繋がっている。本社のロビーからエレベーターで最上階の社長室に行くのが正規ルートだったが、これでも、目的地に着くらしい。

社長室直通となっているのは、社長がそれだけ、研究所に関心があるということに他ならなかった。

「レオン、大丈夫かな」

エレベーターに乗った遊馬は、ポツリと言った。

「ああ見えて、頑丈だから大丈夫――とは言い難いわね」

「血が、いっぱい出てた……。僕達を庇って、あんなに傷ついて……」

遊馬は、ぎゅっと拳を握る。それを見て、ステラは静かに尋ねる。

「もしかして、自分が許せないの？」

「当たり前だよ！　僕のせいでレオンが傷ついたんだ。僕がこんなに弱くなければ、レオンは……」

「それを言うなら、私も同罪ね」

「あっ……」

遊馬は、ステラも一緒に庇われたことを思い出す。申し訳なさのあまり閉口するが、ステラはそっと微笑んだ。

「私も、無力な自分のことが許せない。でも、その拳は自分にではなく、オウルに向けなさい。レオンはキミを傷つけまいとしたのに、キミがキミ自身を傷つけてどうするの」

「……そうだね。ステラの、言うとおりだ……」

遊馬は、固く握りしめていた拳を開く。あまりにも強く握っていたせいで、爪が食い込んで痛々しい有様になっていた。

そんな手のひらを、外界の明るさが照らす。エレベーターは途中からガラス張りになり、風景が一気に開けたのだ。

頭上には、どんよりとした雲が広がっていた。ひとたび吸えば人を異形に変えてしまう塵で出来た雲を見るたびに、気分が沈む。

その憂鬱な光景を背に、巨大な白い冷却塔が聳えていた。もくもくと白煙を吐き出すそれこそ、巨大プラントの一部である。

「大きい……。それに、思った以上に近いね」

プラント施設は、あまりにも間近にあった。

屋内だというのに、タービンが発する重低音が聞こえる。それどころか、タービンの震動が原因で、窓が小刻みに揺れているのだ。

「星晶石の発電に依存しているにしても、ここまで近いのは危険だよね。事故が起きたら、巻き込まれそうだし」

「このプラントで事故が起きたら、それこそ、アルカ全体が吹っ飛んじゃうけどね。坑道が一番安全なくらいよ」

ステラはぞっとするように身体を震わせた。星晶石がびっしりと生えた坑道が安全地帯になるとは、何たる皮肉か。

「もしかして、あれが砲台?」

遊馬は、巨大プラントから少し離れたところに聳える鋼鉄の塔に気付いた。その頂上には、砲台らしきものが設置されている。

「そうそう。なんであんなところにあるんだろうと思ったんだけど、……なんでなんだろうね」

ステラは身を乗り出すように確認し、眉間に皺を刻む。

「ねえ、ステラ。あの砲台は、もしかしたら――」

遊馬の言葉を遮るように、エレベーターは音を立てて停止する。最上階に到着したらしい。

「着いたみたい」

「うん」

遊馬がバングルに手をかけ、ステラもまた、身構える。

だが、扉が開いたと同時に、二人は息を呑(の)んだ。

社長室は広く、モダンなデザインの社長机の向こうには青年が佇(たたず)んでいた。

彼が、オウル・クルーガーなのだろう。

ロビンよりも少し年上の、大企業の社長になるには若過ぎる人物だった。ロビンにも似た精悍(せいかん)な顔立ちだが、戦士たる彼女とは相反するように質のいい背広をまとっていた。

その男の前に、レオンがいた。彼はぐったりしているが、応急処置をされたようで出血は見られない。だが、手首を椅子に縛られていた。

「レオン！」

「ユマ……ステラ……」

レオンは、呻(うめ)きながら色眼鏡越しに灰色の瞳(ひとみ)を二人に向ける。

「せっかく、二人っきりで交渉が出来ると思ったのだが、余計なものがまた入り込んだか」

オウルはうんざりしたように二人を見やる。

「なにが交渉だ、クソ野郎……。武器を取りあげて縛り付けやがって……」

レオンの双銃は、オウルの机の上にあった。オウルは冷ややかにそれを見つめる。

「旧式のエーテル・ドライブ。星晶石の化学反応を利用し、燃焼と凍結——すなわち、炎と氷の属性を弾丸に付与するエンチャントタイプか。属性付与が戦闘にそこまで貢献しなかったから製造中止になったが、二機を組み合わせることによって更なる化学反応を起こすというのは斬新だった。バージョンアップには、一考の余地ありだな」

「限られた物資でアタマを使った結果だ」

レオンはオウルを睨みつける。双銃を奪われても尚、その牙は折られていなかった。

「限られた物資という条件下で、君のような結果が出せる者ばかりではない。そういう意味では、君はジャンクヤードに埋もれるべきではないと私は思った」

「なんだと？」

怪訝な顔をするレオンの前で、オウルは遊馬とステラの方に視線を戻す。

「そういう意味では、君達も私の話を聞くべきだろう。一度は研究所にスカウトした者と、外から来ながらもこの場所に辿り着いた者よ」

「どういう……意味？」

ステラは苛立つように返す。

遊馬もまたレオンを助けたかったが、その場から動けなかった。下手に動けば、拘束されているレオンに危険が及ぶかもしれない。それに、彼を拘束する縄を切る道具もなかった。

（でも、助けないと。今度は僕が、レオンを！）

遊馬の手は、自然とポケットの中にある小瓶に伸びる。瓶越しに感じた星晶石のほのかな熱に、遊馬はハッとした。

「ステラ……星晶石って、硬い？」

遊馬は小声で問う。

「えっ、まあ、それなりには。劈開があるけど、モース硬度は七から八ね」

「じゃあ、ガラスよりも硬いね」

遊馬の言葉に、ステラもまた、何かを察する。

「私、隙を作れるかも。さっきの戦闘で良いもの拾ったから。だから、合図をしたら一瞬だけ目をつぶって」

「えっ、うん」

「作戦会議か？」

遊馬とステラの様子を、オウルはせせら笑う。

「私に反旗を翻すよりも、こちらに与した方が利口だと思うが」

「は？　貴様に味方をするだと？」

レオンは、嫌悪を露骨に滲ませる。

「私は無駄なことは好まない。無駄な争いもまた、避けるべきだと思っている。だからこそ、こうやって話し合いの場を設けたのだ」

　オウルは朗々と語り出す。

「まずは、誤解を解こう。アウローラは我々が労働者を搾取して贅沢三昧をしていると考えていると聞いた。それは違う。こちらも限られた資源で、節制をしながら過ごしている」

「それはロビンから聞いた。その割には、ジャンクヤードよりもお綺麗な場所で汚れない仕事をしているがな」

「恐らく、君達が不満に思っているのは格差だ。だが、貧富の格差は、生ずるべくして生じたものだと私は思っている。不慮の事故が起きない限り、優れた人間がいきなり貧しくなるわけではない。仮に、貧しい家に優れた人間が生まれた場合、その人間は必ずのし上がる」

「何が言いたい」

　朗々と論じるオウルに、苛立つようにレオンは言った。

「逆に、先代の努力によって上層に住む資格を得た者も、努力を怠れば上層での居住権は剝奪される。私は、忖度をしたい身内を上層に置くわけではなく、実力があって相応しいものを置きたいのだ。彼らが、更なる発展に貢献出来るように」

　優れた発明をした者、優れた技術や知識を持った者、そして、優れたアイディアにより一代で財産を築いたり、生産性を著しく向上させたりした者達を上層に迎えていたようだ。

「そういう意味では、おめでとう」

オウルは唐突にレオンに向かって拍手をする。

「君は平凡な農民から、下層と中層の一部を率いる活動家になった。行ったことは実に罪深いが、そのカリスマ性は評価出来るし、不利な条件下でも実績を上げている。今までの活動の罪を問わないことを条件に、我が社に貢献する気はないか？」

「何を言うかと思えば」

レオンは鼻で嗤った。

「俺の罪は別にいい。その代わり、こちらの要求を呑むというのは？」

「プラントの停止か？　それならば、論外だ」

「じゃあ、交渉決裂だ。誰がテメェの薄汚い会社に貢献するか！」

レオンは吐き捨てるように言った。オウルは、軽く肩をすくめる。

「一応、君達にも聞いておこうか」

オウルは、遊馬とステラに問う。

「残念だけど、科学者って石頭なのよね。特に私は、石好きなだけに」

「それは残念だ。私とて、逸材を壊したくないんだが」

オウルは、壁に掛けてあった装置のようなものを手に取る。長柄のそれに、遊馬は見覚えがあった。

「ランスタイプのエーテル・ドライブ……！」

「ほう。君はこれを知っているのか。研究室で見たのかな？」

オウルがひと振りすると、星晶石独特の輝きが刃となって出現する。長い柄の、両端に。

ただの槍ではなく、アンフィスバエナのごとき双刃の槍であった。

「他にも試作と思しきエーテル・ドライブを見ました……！ そして、あの砲台だって……！ 口減らしをして、兵器の開発に尽力するのは何故です!?」

オウルの背後には、全面ガラス張りの巨大な窓があった。そこからは、不気味に聳える巨大プラントと砲台が一望出来る。

「何故だと思う？」

オウルは、試すように問う。

「…………戦争、ですか？」

遊馬の言葉に、レオンとステラがぎょっとして、オウルはほくそ笑んだ。

「素晴らしい洞察力だ。君は見どころがある。君は――どうしたい？」

「僕は、この世界とは異なる世界からやって来たんだ！ だから、居住権も何も関係ない」

遊馬はそう言い切り、指を二本立てた。

「僕が問題にしていることは二つ。僕が元の世界に還れるかどうか。そして、アルカの人達が幸せになれるかどうかだ！」

「ユマ……」

レオンとステラは、感じ入ったように遊馬の名を呼んだ。

「あなたは貧しいことを本人のせいにしているけど、ジャンクヤードの人達は怠けているわけじゃない！　日々汗水を流して、家族のために精一杯生きているんだ！　あの温かい人達に触れず、瓦礫の下敷きにするような人とは、絶対に相容れるものか！」

熱弁する遊馬であったが、オウルは退屈そうにそれを聞いていた。

「ロビンと似たようなことを言う。ある程度は実力が伴うが、格差の中にはやむを得ない事情がある、と。だが、全てを救おうとすれば、結局、全てが救えなくなる。未来を切り開ける優秀な者ですら、だ！」

「でも、上層だって切り詰めているじゃないですか。ここは、みんなで力を合わせるべきなんじゃないですか!?」

「都市を活性化するために、戦争をやるんだ」

オウルは遊馬の言葉を遮るように言った。

「戦争があれば、経済が回って潤う。この停滞した都市を再び活性化させるには、戦争が必要だ。市民共通の敵があれば、分断も解決する。都市は再び一つになり、成長をし始める」

「戦争って……やる相手はいるわけ？」

ステラは声を振り絞るように問う。

「ああ。ここから途方もなく離れた土地に、都市を発見した。現在は調査中だが、アルカとは別の発展の仕方をしているから、得るものは多そうだ」

「この世界に、別にも発展している都市が……」

ステラとレオンの表情に光明がさす。アルカ以外の都市があるということは、荒野のあちらこちらに、人類の希望があったのだ。

しかし、オウルはチェスの戦略でも練るように、冷静で淡々としていた。

「現在、結界に使用している中和装置の改良型であるアンチエーテルシステムを導入したロボットを作っている。近々、そのシステムを搭載した自動掘削機を導入する予定だ。最終的には、そのシステムを量産して、自動化した兵器を戦争に使うだろう」

それを聞いたレオンは、目を剝いた。

「自動掘削機だと……!? じゃあ、下層の鉱山労働者は……!」

「用済みだということだ。機械の方が連中の生産性を上回る予定だからな。機械化はこれから積極的に導入し、単純労働は無くなる予定だ。そうなったら、単純労働しか出来ない人間を飼っている余裕はない」

「だから、口減らしをしたのか……!」

レオンの指に、怒りがこもる。彼を縛る縄が、ぎしぎしと音を立てて軋んだ。

「戦争っていうけど、そんなことよりも他の都市と交流して、協力した方が建設的じゃない!? お互いに消耗している余裕もないと思うんだけど！」

ステラもまた、オウルに抗議する。だが、「わかってないな」とオウルはにべもなく言った。

「協力よりも戦争の方が、メッセージ性が強い。だから、市民を団結させ易い。目的も定まっているから、研究もし易く経済も回し易い。新たなる需要が生まれれば、自動化によって一時的に減った雇用も増えるかもしれない。尤も、単純作業の雇用枠を増やすつもりはないが」

オウルはそう言って、背後のプラントを見やった。

「星晶石の発電施設にこだわるのは、我が社が星晶石で成り上がったからというだけではない。エネルギー効率がよく安定しているという他に、大規模なプラントによって雇用が生まれるからだ。お前達が推進している、再生可能エネルギーとやらよりもな」

「口減らしをする割には、雇用を増やすことにこだわるんだな」

レオンは皮肉を込めて言い放つ。

「一定以上の能力がある者は重宝したい。だが、私は無駄が嫌いだ」

「貴様……っ！」

「君もいずれわかるさ。この世界で、弱者は足枷になる」

「弱者とかそうじゃないとか関係なしに、事故が起きちまえば何もかもすっ飛ぶだろ。戦争だってそうだ。テメェはハイリスクハイリターンを選びがちなんだよ。そんなんじや、誰もついて来やしねぇ」

喧嘩腰のレオンに対して、オウルは飽くまでも冷静に答えた。

「そこで、君のカリスマ性が必要になる。仲間に命を張らせることの出来る——双牙のレオンよ」

「俺は常に、自分の命を最前列に置いてンだ！」

「ユマ！」

ステラが叫ぶと同時に、遊馬は目をつぶった。瞼越しに、眩い光を感じる。

「閃光弾か！」

オウルの動揺した声が聞こえた。遊馬は両目を開き、レオンに向かって走る。ポケットの小瓶から、星晶石を取り出しながら。

「ユマ……！」

「レオン、息止めてて。粉が散るかもしれないから！」

遊馬は欠片の鋭い部分を使って、レオンを拘束する縄を切り裂く。

「なるほど、星晶石をそんな風に使うとはな」

「昔の人は、黒曜石のナイフを使ってたみたいだしね。星晶石は黒曜石よりも硬いから、使えると思って」

遊馬はそう言いながら、星晶石をさっさと瓶の中にしまう。

「ありがとう、助かった」

「僕の方が、助けられてるから」

レオンが拳をそっと突き出すと、遊馬はそれに自分の拳を重ねた。レオンの拳は硬かったが、頼もしいほどに温かかった。

「この……っ！」

「レオン、受け取って！」

ステラは目が眩んだオウルの手探りをかいくぐり、双銃を引っ掴んでレオンに放る。

レオンは、しっかりとそれを受け取った。

「よし。これで双牙が戻ったな」

「小癪な真似を！」

ようやく視界が回復して来たオウルは、手近なステラにエーテル・ドライブを振るう。

「させるか！」

シールドを展開した遊馬が割り込み、オウルの刃を受け止めた。だが、今までの比ではない衝撃に、遊馬の軽い身体は押されてしまう。

ランスタイプのエーテル・ドライブの刃は、ロビンの刃とは違った強烈な違和感があった。

「シールドを持っているというのは、把握済みだ」

オウルの切っ先がシールドを弾く。遊馬は完全に、力負けをしてしまった。

それだけではない。

遊馬のバングルから展開していたシールドが、パッと消滅してしまったのだ。

「どうして……！」

「この試作機は、アンチエーテルシステムを使っている。星晶石の力を打ち消しているのだ。ドライブ同士の戦いでは、旧型に負けはしない」

シールドが消えて無防備になった遊馬に、オウルのランスの二つ目の刃が襲いかかる。

だが、オウルが持つ長柄に、炎の一撃が直撃した。

「ふん……！」

切っ先は逸れ、オウルはバランスを崩す。その隙に、遊馬とステラの前に、レオンが氷柱が現れ、遊馬達の盾となる。

氷の弾丸を解き放った。

レオンは続けざまに体勢を整えようとするオウルに発砲するが、それはランスの切っ先が斬り伏せた。

「流石はレジスタンスのリーダー！　やはり、処分するのは惜しい逸材だ！」

「空から星晶石が降ろうと、俺はテメェに従わねぇよ！　舌を嚙み切って死んだ方がマシだ！」

レオンは口汚く罵りながらも、オウルの的確な攻撃を冷静にいなす。

だが、レオンの方が不利だ。兵器同士のぶつかり合いでは、オウルの性能の方が上だ。

それに加えて、オウルは執拗に間合いを詰め、銃が撃ち難い距離を保ち続けている。

一方、レオンの銃撃は余波が大きいため、至近距離で発動させると、レオンも無事では済まない。

「なにか、私達に出来ることはないの……？」

ステラはもどかしそうに、二人の激しい戦いを見ていた。彼女の気持ちは、遊馬も痛いほどわかる。

遊馬はバングルを弄り、エーテル・ドライブが再起動するのを確認した。

だが、シールドのあちらこちらに揺らぎが見える。先ほどの一撃が大きなダメージを与えたのだろう。きっともう、長くは使えない。

「だったらせめて、もう一度くらいは役に立ちたいよね」

遊馬がエーテル・ドライブにそう言うと、それに応じるかのように、シールドの輝きが少しだけ強くなった。

遊馬は冷静になれと自分に言い聞かせながら、レオンとオウルの戦いを見やる。

武器の性能のせいで、一見、レオンの方が不利に見えるが、動きは彼の方が上だ。そして、オウルの得物は中距離戦向けなので、二人の間には隙間がある。

ちょうど、人一人割り込めるほどに。

「ユマ……？」

ステラが、心配そうに遊馬の名を呼ぶ。彼の決死の決意を、感じ取ったからだ。

「ステラ、このエーテル・ドライブが駄目になったら、ごめんね」

「そんな……。兵器よりもユマの方が大事だから……」

「そう言うと思った。ありがと」

遊馬はそう告げると、二人に向かって駆け出した。「ちょっと！」とステラの戸惑う声を背中に受けながら、二人の間に割り込む。

「なっ……！」

遊馬はエーテル・ドライブの出力を最大限にし、大きく分厚いシールドを展開する。星晶石の輝きが増し、先ほどの閃光弾にも劣らない。

「身を挺して彼を庇うというのか！　だが、あまりにも愚策で改良型試作機の前では無意味だな！」

オウルはランスを振り被り、その切っ先で容赦なくシールドを突き刺す。アンチエーテル効果でシールドを削り、バングルもろとも遊馬を貫こうとしていた。

「ユマ、お前……！」

「レオン！　お願い！」

遊馬は背後を振り向き、レオンに目配せをした。

「危ない」とか「逃げて」という警告ではなく、攻めの一手を促す言葉だった。

シールドが削れ、耳障りな音がする。それでもなお、今際の絶叫のように星晶石の輝きは周囲を塗り潰していた。

最早、お互いの姿は肉眼では見えないほどだ。

だが、レオンには見えていた。彼は星晶石の輝きを直視しないために、色眼鏡をかけている。

加えて、遊馬の背中が彼の視界を輝きから守っていた。その遊馬の、バングルを嵌めた右腕の向こうに、障害を排除しようと躍起になるオウルがいる。

「……わかった。お前の覚悟、受け取ったぜ」

レオンは遊馬に耳打ちをすると、二丁の銃を彼の肩越しに構えたのであった。

星晶石の輝きに包まれながら、オウル・クルーガーは自身のことを思い出していた。

曾祖父は貧しい家に生まれ、日々、食い繋いでいくのに苦労したというのを聞いていた。そんな彼が、私財を投げ打って一世一代の賭けに出た結果、当時、新たなる資源と言われてもてはやされ始めた星晶石の鉱脈を掘り当てることが出来た。

曾祖父が努力をして立ち上げた会社を、祖父が継ぎ、更には父親が継いだ。だが、生まれながらにして豊かな暮らしをしていた彼は、努力をしてのし上がることを知らなかった。

オウルの父は優しくも愚かで、鉱山街に多くの難民を受け入れた。「豊かな人が貧しい人に分け与えればいい」と言って無条件で物資を分けてやったため、努力をして豊かになった人々からは不平不満が出た。更には、難民を雇用することで元々鉱山街にいた人々の雇用が減り、大問題になった。

息子のオウルは、親が職を失ったという子供達から石を投げられることもあった。

「お前の父親のせいで、俺達は路頭に迷うのだ」と。

これではいけないと思った息子のオウルが、若くして父親の椅子を乗っ取って、アルカの頂上に君臨した。

彼は市民を厳格に評価し、優れた者は上層に住まわせて都市にとって重要な仕事に就かせ、そうでない者は下層へと落とした。元難民のほとんどが、下層行きとなって単純労働に就くこととなった。

このことから、オウルは難民の受け入れを断固として拒否するようになった。そして、難民を受け入れ続け、単純労働しか出来ないくせに、権利だけ主張する下層の人間を嫌悪した。

上層にいる者は、その倍以上も努力をし、大きな責任を背負って都市の未来を紡ごうとしているのに。

「でも、兄さん。彼らも私達と同じ人間だし、家族もいる。毛嫌いするのは、彼らのほとんどが、父さんを失脚させかけた難民出身だからじゃないのか？」

妹のロビンは、事あるごとにオウルを諫めた。ロビンのことは、賢くて強いとオウルは思っていたが、父に似て愚かなところがあるとも思っていた。

「そんなことはない。元難民でも、努力の末に上層に住んでいる者もいる」

「だけど、その努力ってなんだろうね。生まれながらにハンデを背負っていたり、努力をしても評価されない環境だったり、努力の方向を間違っていたりする者もいるかもしれない。結果が全てじゃないよ。運が良かった人が、結果を残せているんだ」

「運も実力のうちというやつか？　上層に住まう者達は、全てラッキーボーイや、ラッキーガールだとでも？」

「勿論、彼らは努力の上、相応しい地位についていると思う。だけど、本来、そこに行くべきだけど、あぶれている人もいるはずだ。だから、もっとチャンスを与えればいいのにと思っただけ。下層に落とされたら、這い上がるのは不可能と言ってもいいくらいだし……」

「それでも、這い上がって来る者はいる」

過去にも、例外がないわけではなかった。だが、その時より下層の状態も悪くなっており、這い上がれる可能性は皆無に等しかった。

それを知った上で、ロビンは吐き捨てるように言った。

「あそこから這い上がって来る者がいたら、そいつは兄さんの首を狙っているかもしれないな」

あの時のロビンの言葉は、間違いではなかった。

ゴミにまみれた下層からやって来た革命組織のリーダーは、まさにオウルの首はおろか、グローリアの転覆すら狙っているのだから。彼もまた、父やロビンのような心優しき愚か者なのだ。

何としてでも、排除しなくてはいけない。努力を実らせて来た者達の権利を守るために。

忌まわしき異邦人が時間稼ぎのために展開したシールドは、大半がアンチエーテルシステムによって消滅していた。このまま異邦人を貫き、失意したレオンも斬り伏せる。シールドの最後の光が、オウルのランスによってかき消された。

だが、そこに待っていたのは、異邦人の肩越しに構えられた、二つの銃口だった。

「お疲れさん。あとは寝てな」

伊達男の革命家は引き金を引く。

銃口から放たれた二つの冷気がぶつかり合い、雷撃を発生させる。

オウルの刃がバングルを貫く前に、激しい電撃がエーテル・ドライブもろとも、オウルを吹き飛ばしたのであった。

オウルの身体は硬い床の上で二、三度弾み、ガラス張りの窓にぶつかって停止した。

床の上に転がったランスは、ステラが「オラァ！」と彼方へと蹴っ飛ばす。

「ぐっ……」

仰向けになったオウルは呻き声をあげるものの、身動きが取れないらしい。その上に、レオンは馬乗りになった。

「チェックメイトだ、社長さんよ」

オウルの額に、銃口を突きつける。だが、オウルは咳き込みながらも、ほくそ笑んでみせた。

「このアルカの覇権を取ったとしても、君は愚かな者達に煩わされることになる。いずれ、私のように愚か者達を瓦礫の下敷きにするだろう」

「テメェ……！」

トリガーにかけた指に、力がこもる。

「君を慕っていた者達は、なぜ、自分がリーダーにならなかったのだろうな。理由は、誰かに任せた方が楽だからだ。人々を煽動するのも敵を殺すのも、誰かにやらせた方がいい。だから君は、貴重なエーテル・ドライブを預けられたんだ」

「テメェ……、これ以上、仲間を愚弄するんじゃねぇ……！」

「愚弄じゃない、忠告さ。今の私の姿は、未来の君だ」

オウルの言葉に、レオンの目がカッと見開かれる。だが、遊馬が彼の腕にしがみつき、オウルの頭を貫くのを止めた。

「駄目だ、レオン！」

「なんでだ！　こいつは仲間を瓦礫の下敷きにして、しかも愚弄したんだぞ！　それだけじゃない。こいつの会社のジェネレーターのせいで、俺以外のやつも家族と住処を失ったんだ！　その上、こいつは他所の都市をぶっ壊そうとしていたんだぞ！」

「でも――」

遊馬は、おぼつかない足音が近づくのに気づく。社長室の正面にある扉からだ。

ハッとして振り向いた瞬間、扉は開け放たれた。

「彼にだって、家族がいる……」

現れたのは、ロビンだった。

撃たれた腿は処置がしてあり、杖を突いている。そんな有様なのに、仰向けになったオウルに駆け寄った。

「すまない、レオン。私達はどんな罰でも受ける！　だから、兄さんの命だけは助けてくれ！」

「ロビン……！」

レオンに向けて、ロビンは膝をついて懇願する。そんな妹の姿を見て、冷静であったオウルは初めて動揺を露わにした。

「お前も罰を受けるだと……!?　お前はただ、市民を守ろうと動いていただけだろう！」

「それを言うなら、兄さんも……。やり方は正しいとは言えないけれど、都市に貢献している人達を守ろうとしていた。都市の未来を、考えていたじゃないか……！」

「それは……！」

オウルは言葉に詰まる。

「それに、星晶石発電にこだわっていたのは、効率のためだけじゃない。代々で守っていたこの事業を守りたかったんだろう!?　先代や、その前から繋いできた絆を失いたくなかったんだ！」

　そうか、と遊馬は納得する。太陽光に頼らず、あくまでも星晶石にこだわったのは、彼なりに守りたいものがあったからなのだ。

　そんな二人の様子を、レオンはじっと見つめていた。

　遊馬もまた、複雑な気持ちだった。

「俺は——」

　レオンは声を絞り出すように口を開く。

　その時だった。ぼんっという嫌な音とともに、グローリア本社全体が揺れたのは。

「なんだ、今の音」

　レオンが辺りを見回す中、オウルは血の気が引いた顔で窓の方を見やる。

　その視線の先には、星晶石発電のプラントがあった。

　巨大な白亜の冷却塔から吐き出される白煙は、空を染め上げるほどに増していた。全員がそれに気づいて息を呑むのとほぼ同時に、社長室のモニターの一つが切り替わる。

　それは、プラントの現場からの通信だった。責任者と思しき人物が、額に汗を滲ませながら声を張りあげる。

『社長、報告します！　第一晶石炉で原因不明のオーバーヒート発生！　冷却が追いつきません！』

「なんだと……！」

負傷したオウルは、這ってでもデスクに向かおうとするので、それをレオンが支えた。

「まさか、私の首を取りに来た革命家に肩を貸されるとはな……」

「んなのどうでもいいから、さっさと対処しろ！」

レオンの口調に焦りが窺える。異邦人の遊馬すら、今の状況が危険なことを悟っていた。

デスクに何とか辿り着いたオウルは、マイクを通して指示をした。

「第一隔壁閉鎖！　第一晶石炉を停止させて、制御棒を投入しろ！」

『第一隔壁閉鎖完了！　第一晶石炉停止開始！』

モニター越しに現場の緊迫感が伝わってくる。ステラはそれを、もどかしそうな顔で見ていた。

プラントの制御室では、大勢の技術者達が右往左往していた。遊馬には理解出来ない専門用語を並べつつ、必死にエラーを止めようとしていた。

だが、どれも上手く行かないらしい。技術者達の報告を聞き、責任者は頭を振った。

『社長、制御棒注入システムが作動しません！　このままだと、炉心溶融や爆発が発生する危険性があります！』

「第二隔壁から第五隔壁までを閉鎖！　職員は退避！」

退避命令を出した後、オウルは沈痛な面持ちで遊馬達に向き合った。

「……聞いたとおりだ。プラントがオーバーヒートを起こしている。お前達は、避難しろ」

「また、事故が起こるってか。しかも、今度はジェネレーターじゃなくて、あのデカブツの……！」

レオンはプラントをねめつける。だが、冷却塔が無慈悲に白い煙をもうもうと吐き、事態の深刻さを伝えるだけであった。

「どうして、そんなことが……」

ステラの声は震えていた。

「恐らく、星晶石による高次元干渉かと」

質問に答えたのは、研究室と繋がっているエレベーターから現れたヤシロであった。

「ユウナギ博士……！」

オウルは、すがるような面持ちでヤシロを見やる。だが、ヤシロは緊急事態なのにもかかわらず、涼しい顔をしたままであった。

「星晶石は、高次元干渉物質であるエーテルと高い親和性を持つ鉱物です。面の世界に住まう人々から見た時、空間をジャンプして移動した我々が瞬間移動をしたように見えるのと同じで、我々には感知できないルートで干渉が発生したのでしょう」

「干渉が発生した原因がわかっているような口ぶりだな」

「試作機に搭載したアンチエーテルシステムが、原因かと。エーテル・ドライブ同士のぶつかり合いでアンチエーテルシステムを使用した際、発生したエネルギーは打ち消されず、別の場所で発散されるようです」

ヤシロは床に転がるランスタイプのエーテル・ドライブを眺めながら、淡々と言った。

「そんなこと、君は説明していなかっただろう！」

オウルはヤシロに食って掛かろうとする。だが、ヤシロはしれっとした顔で遊馬の方を見やる。

「私も予想外でした。どうやら、星晶石同士は引かれ合うようです。だからこそ、星晶石を多く埋蔵するこの星に、星晶石の隕石が落下したのでしょう」

ヤシロの仮説を聞いた遊馬は、ハッとした。

だからこそ、星晶石を手にした遊馬は、星晶石があるアルカに転移したのかもしれない。それと同じで、プラントには大量の星晶石があるため、アンチエーテルシステムでかき消されたように見えたエーテル・ドライブのエネルギーは、プラントの中に転移したのだ。

それが原因で、オーバーヒートが発生した。

「私達人類が扱うには、早すぎる代物だったみたいね……」

ステラは苦々しく吐き出す。

そんな中、痺れを切らしたロビンがヤシロに摑みかかった。

「ヤシロ！　状況は研究室のモニターで共有されているだろう⁉　制御棒が作動しない。このままだと炉心が吹っ飛んで、みんな死ぬ！　どうすればいい⁉」

鬼気迫ったロビンに対しても、ヤシロは冷静に、やんわりと手を離させた。

「私は技術者ではありません。プラントのシステムについては、技術者にお尋ねください。ですが、自動装置が作動しないのであれば、手動で作動させては？」

その言葉に、一同はモニターの方を見やる。だが、責任者は苦々しい顔をした。

『手動装置は第二隔壁の向こうです。職員が作動させる前に……漏洩した星晶石の塵の濃度が上昇してしまって……。この数値では、防護服を着ても五分程度しか動けません』

「手動装置に到達するまでで五分……。帰りはおろか、作業すら出来ないか……」

プラントの見取り図を眺め、オウルは眉間に深い皺を刻む。

星晶石の塵を吸えば、人々はたちまち星晶石に侵され、侵食者となる。そうなっては、作業以前の問題だった。

「待てよ……」

遊馬は、あることに思い至る。

「お前、まさか……」

レオンもまた、遊馬の様子から何かを察したらしい。そして、ステラ達も。

「僕が行けばいいんだ。僕は、星晶石の影響を受けないから」

「駄目だ！　危険すぎる！　制御棒が上手く作動しなければ、お前は爆発に巻き込まれるんだぞ！」

レオンはすぐさま反対した。

つめている。
ステラやロビンは青ざめ、オウルは目を見張り、ヤシロが興味深げに遊馬の様子を見つめている。

遊馬は、自らの手に汗が滲むのを感じた。しかし、一度決めた覚悟を、覆す気はなかった。

「危険でも、やるしかない。プラントが駄目になったら、僕も元の世界に還れないし」

「だが……！」

「みんなが助かる可能性が少しでもあるなら、それにしがみついてみないと。レオンだって、そうやって戦って来たんでしょ？　だから、僕もやってみる」

遊馬はそっとレオンに右手を差し出す。しばらくそれを痛ましい表情で見ていたレオンだったが、やがて、しっかりと握り返した。

「わかった。お前を信じるし、お前に託す」

「有り難う、レオン」

遊馬はレオンに礼を告げると、オウルの方を見やる。

「制御棒の手動装置って、僕でも操作出来るかな」

「ああ。操作手順は単純だ。内部の見取り図もある。だが……、あの施設の最高責任者は私だ。本来ならば、私が責任をもって――」

自ら制御棒を動かしに行くべきだと言い出しそうなオウルに、遊馬は首を横に振った。

彼は、他人にも厳しかったが、自分にも厳しいのだろう。それに加え、愚かではないので、自分が責任を果たすことすら叶わないことを知っているのだろう。

そんなオウルに、遊馬は静かに伝えた。

「責任を取りたいのならば、あなたはみんなを避難させて下さい。坑道ならば、シェルター代わりになるでしょうし」

「坑道、か……」

オウルは皮肉めいた表情になる。その場所での作業に従事していた人達は、つい先ほど、自分が瓦礫の下敷きにしたのだから。

その時、ステラの白衣の下から通信機のノイズ音が聞こえた。彼女は通信機を手にすると、「こちら、ステラ」と応答する。

『良かった、繋がった！　こちらケビン。シグルドの通信機を借りてるんだけど』

「ケビン⁉」

ステラとレオンが目を丸くする。瓦礫の下敷きになったと思われたケビンは、元気な様子だった。

「無事だったの⁉」

『いやー、家は完膚なきまでに全壊だけど、俺は無傷。他のみんなも、怪我をしているけど大したことないし。爆破装置を仕掛けられたの、早めに気づけたからさ。流石に取り外す時間はなかったけど、避難は出来たってわけ』

『ケビンのやつ、ユマのことばかり考えて、ジャンクヤードの方をぼんやりと眺めててさ。それで、見慣れない装置を見つけたんだよ』

ケビンの横から、ビアンカの声が割り込む。彼女も元気そうであった。背後では、

『ワンワン！』とスバルが吠える声がする。

「スバルも、無事だったみたいだね」と遊馬は胸をなでおろす。

『ああ。スバルもめちゃくちゃ活躍したんだぜ。ジョンと一緒に、住民を一番多く避難させてさ』

「そうか……。ジョンが……」

遊馬は、自分が心から安堵したのに気づく。ジョンは彼なりに、埋め合わせをしたのか、と。

『――というわけだ。こっちは思った以上に問題なさそうだが、どうやら、そっちがまずそうだな？』

通信機はシグルドの手に戻ったようで、彼の落ち着いた声が聞こえてきた。

彼の背後では警報音が響いている。オウルが都市全体に向けて作動させたものだった。

「まずは、お前達が無事でよかった。こちらの状況だが――」

レオンはステラの通信機を借りて、シグルドに状況を報告する。通信機越しに、シグルド達が息を呑むのを感じた。

しかし、彼らはすぐに明るい声でこう言った。

『それじゃあ、上の連中が坑道に避難してくるってことだな。こっちは先に潜って都市

の人間を収容しやすいように機材を片付けておくぜ』

『道案内も必要だろうしね。ユマみたいに横穴に転がり込んだらえらいことになるし』

『ってことは、中層と上層の連中と話せるってことか。商売の話とか聞いてみるかな』

シグルド、ビアンカ、ケビンはそれぞれ、他層の人々を受け入れる気満々であった。

それをオウルは、首(こうべ)を垂れながら聞いていた。

「……すまなかった。ありがたい……」

「そいつは、坑道に避難した時に直接言うんだな」

レオンはその背中をポンと叩(たた)く。だが、オウルは首を横に振る。

「いいや、私はここに残る。坑道では通信が安定しないし、私には見届ける義務がある」

「お前……」

「万が一の時、プラントの状況を間近で見ながら指示を出す。そのための社長室だ」

オウルはガラス張りの窓を一瞥(いちべつ)すると、遊馬と向き合う。

その瞳(ひとみ)には、覚悟の輝きが宿っていた。

「まさか、アルカの未来が異邦人に託されるとはな。不本意だが、君に賭(か)けよう」

考え方は違うが、今の目的は同じだ。プラントを無事に停止させ、都市を守らなくてはいけない。

遊馬もまた、オウルに頷(うなず)いたのであった。

遊馬はオウルから施設内の見取り図とカードキーを受け取り、プラントの中に侵入した。

職員は全て避難しており、施設内に人影はない。けたたましい警報音だけが響き渡っていた。

コンクリート造のどっしりとした施設内は、圧迫感があった。あちらこちらに警告表示があるのも、その一因かもしれないが。

肌がひりつくような痛みを感じる。父を探して研究所跡に入った時と、同じような痛みだ。

「まさか、父さんの痕跡を探してこんなところに来るなんて……」

施設の奥に近づくにつれて、じりじりとした熱が遊馬を包み込む。晶石炉を冷却し切れず、今もなお、星晶石が化学反応を起こしてエネルギーを生み続けているためだろう。

父の研究所も、事故で大惨事に陥っていた。何らかのミスで事故が発生し、いきなり研究所が吹っ飛んだのかと思っていたが、研究所が吹っ飛ぶ直前は、案外、こんな感じだったのかもしれない。

滅びの時は、少しずつ迫るのだ。

その時、父もこうやって抗ったのかもしれないなと、遊馬は物思いに耽った。

閉鎖された隔壁が道を塞いでいたが、人が一人通れるくらいの非常扉も設置されていた。遊馬は、通信機で繋がっているオウルの指示に従い、用心深くそれを開けて奥へと進んだ。

社長室を出る直前、ヤシロにミコトのことを尋ねてみた。彼もまた、星晶石の影響を受けないはずだったから。

だがヤシロは、「ミコトさんには、やることがあるので」と答えただけだった。彼は、既にグローリア社から出てしまったとのことだった。

「仲間がいると、心強かったんだけど」

ロビンはムラクモが率いる治安維持部隊とともに住民を避難させるために、ステラはロビンを誘導するためにグローリア社を後にした。今ごろ、上層と中層の人達をエレベーターに乗せて、下層の人達が待つ坑道へと避難していることだろう。

『ユマ、大丈夫か？　無理をするな』

ふと、通信機からレオンの声が聞こえる。彼の気遣う言葉が、遊馬の背中を押した。

「大丈夫。結構暑くてしんどいけど」

『帰ってきたら、冷たいジュースでも奢（おご）ってやるよ。だから、無事に帰って来てくれ』

「うん、有り難う」

ジュースよりも、レオンの声の方が有り難い。

レオンもステラとともにロビンを手伝おうとしたが、遊馬が残ってくれるように頼んだのだ。

隔壁を一つ越える毎に、周囲の室温がぐっと上がる。急激な温度変化に耐えかねた建材が、ピシッとかミシッと不吉な音を立てていた。

怖くないと言ったら、嘘になる。

一歩間違えば、爆発に巻き込まれて命を落とすだろう。本当だったら、逃げ出したかった。

でも、これは自分でないと出来ないことだ。だから我が儘を言って、レオンに鼓舞してもらうことにした。

彼に励まされれば、幾らでも前に進めそうな気がしたから。それに、レオンがそばにいてくれれば、何がなんでも成功させようと思えるから。

（いつの間にか、僕にとって大きな存在になっていたんだな……）

オウルの指示を聞きながら、第二隔壁を越えたところにある制御室へと侵入する。脳が煮えるような暑さであったが、滴る汗をぬぐいつつ、手動制御レバーに手をかけた。

「くっ、堅っ……！」

レバーを下ろせば制御棒の投入が出来るらしいのだが、そのレバーが途方もなく堅かった。長い間使っていなかったせいで、すっかり固まってしまったのだろう。

「くそっ……！」

遊馬の細腕で力を込めても、たかが知れている。まさか、こんなところで手間取るとは。

『ユマ！』

レオンの声に焦りが滲む。

部屋が一層暑くなり、汗がぼたぼたと流れ落ちた。

『もう限界だ！　爆発に巻き込まれる前に、君は退避しろ！』

冷静さを欠いたオウルの声が聞こえるが、遊馬は歯を食いしばった。腕に負担がかかるのも気にせず、全体重をかけて力を振り絞る。

「うわあああああああっ！」

遊馬の咆哮とともに、ガコン、と手ごたえがした。

「あっ……」

見れば、レバーが動いていた。それと同時に、壁の向こうの重々しい音を耳にした。

『制御棒が作動した！』

通信機から、オウルの歓喜まじりの驚嘆が聞こえる。ほんの少しだけ、室温が下がって息苦しさが無くなったような気がした。

『やったな、ユマ！』

レオンの声が聞こえる。安堵と同時に、張り詰めていたものが解けて身体が脱力するのを感じた。

『お前は、やはり救世主だったんだ……！』

そんな大層なものじゃない。ジャンクヤードの人々を救いたかったレオンや、努力をしてのし上がった人達や一族の誇りを守りたかったオウルと同じだ。ただ、大切な人を守りたいと思って行動しただけだった。

みんなが無事でよかった。

遊馬はそう言ったつもりが、言葉にならなかった。

彼はその場にへなへなと座り込み、しばらくの間、達成感の余韻に浸っていたのであった。

レオンとともに下層へ帰還した遊馬を待っていたのは、無事だったジャンクヤードの人達であった。そして、彼らと身を寄せ合った中層や上層の人々もまた、遊馬の勇気を称えて感謝の言葉をめいっぱい浴びせた。

皮肉にも、プラントの事故は都市を一つにした。オウルは非を認めて社長の座を降りようというつもりのようだが、彼を支持する人の声も少なくはなかった。

アルカの頂点に誰が立つか、しばらくの間、決まらないかもしれない。だが、人々は手を取り合うことを知ったので、人々の手によってじっくりと選ぶのも良いかもしれないと思った。

「だがまあ、星晶石発電の依存からは脱却するだろうな。今回のような事故は、二度と起こしてはならない。大多数が、発電施設の移行を支持してくれているようだ」

翌日、レオンは遊馬とともにプラントを再訪した。

急ピッチで復旧したようで、コーヒーのペットボトルを抱きかかえて廊下で寝ている技術者もいる。昨日モニター越しに見た責任者が、寝ている技術者に毛布をかけてやっていた。

「上の連中が聞く耳を持ってくれた以上、俺達も武力行使をする必要はなくなった。全層の住民で決を採ろうってのが、今のところの方針だな」

「そっか。住民投票で多数決っていうのもいいかもね。僕達が住んでいるところは、割とそんな感じ」

「そうか……。ならば、俺達の世界も少しは、平和な世界に近づけたかな」

レオンの表情は、穏やかであり、心底安堵しているようであった。遊馬は「うん」と深く頷く。

「戦いが終わったら、どうするの？」

「出来ることならば、土いじりをしたいな。畑を耕して、作物を作るんだ」

「そっか。それはいいね！」

「かつてあった農業区域は人工の光を使って作物に光合成をさせていたんだが、今度は自然の光を浴びせてやりたい」

　レオンは素振りをしてみせる。鍬を手にした農家さながらの隙が無い構えに、やはり、彼は銃よりも農具の方が似合うのだなと遊馬は微笑ましくなった。

　遊馬とレオンが向かった先は、試験室だ。ステラいわく、そこでならば遊馬が遭遇した星晶石の反応を再現出来るらしい。

試験室には、実験用の大掛かりな装置がずらりと並んでいた。ステラは、その一角に齧りついていた。

「ユマ、レオン！　丁度良かった！　最終調整が済んだところなの！」

ステラはやつれた顔で明るく笑いながら二人を迎えた。

「おい。クマがすごいぞ。もしかして、徹夜で調整していたのか？」

「そりゃあ、私達を導いてくれた巫女様の帰還だもの。寝てなんていられないって」

「その巫女様って、もうやめてよ……」

遊馬は、やって来た時と同じ制服姿であった。巫女服は、レオンに返してしまった。

「いいじゃない。似合ってたし。お別れの時、ケビンは泣かなかった？」

「泣いてたかな……」

遊馬はジャンクヤードを発つ時に、お世話になった人々に挨拶をしていた。

シグルド一家やビアンカは笑顔で見送ってくれたが、ケビンは大変だった。「別れるのが寂しい」とか、「君がいなくなったら俺は何を生き甲斐にすればいいんだ」とか、「よく食べてよく寝るんだぞ」とか、泣きながらすがりついてきて離れなかったのだ。

「それに、みんなを導いたのは僕じゃなくて、レオンだよ。最前列で戦うレオンは、本当にかっこよかった……」

「馬鹿言え。お前にはずいぶんと助けられた。お前が来なかったら、俺は途中でくたばってたかもしれないぜ」

「そんなことないと思うけど……」と遊馬は苦笑する。

「それに、お前は俺がこじつけで押しつけた予言を、実現しちまった。破壊の王を止めたんだからな。――後世にまで語り継がれる、立派な救世主だよ」

レオンはそっと右手を差し出す。遊馬は笑みを浮かべると、力強くそれに応じた。

二人の間に、固い握手が交わされる。

世界の境界を越えた、英雄達の友情の握手だ。

「お前にも、青空を見せたかったんだがな」

「僕も、アルカの本当の空を見たかった」

「仕方ないでしょ。プラントの仕様上、ユマが帰還する方が先になっちゃうの」

二人の間に、ステラが割って入る。

「それに、太陽光パネルを展開するのにも時間が必要だしね。住民投票が上手く行って、プラントを正式に停止させるまでは、色々と用心深くやるつもり」

「そっか。やることがいっぱいだね」

ステラは頷く。

彼女は再び、星晶石の研究所に組み込まれることとなった。だが、それは星晶石発電を推奨するためのチームではなく、人類が星晶石と正しく向き合えるように研究するためのチームであった。

「忙しくなる前に、巫女様を見送らないといけないと思って」

「本当にもう、巫女様はやめて……」

結局、遊馬が男だと知っているのは極一部の人だけになってしまった。

アルカの人々にとって、遊馬は巫女として語り継がれるのだろうか。なんとも複雑な心境であったが、役に立てたのならばいいか、と妥協する。

「そうだ。あの二人は——」

遊馬は辺りを見回す。

ミコトとヤシロのことが、ずっと気になっていたのだ。

「それがね、いないのよ。研究所内を探したんだけど……」

「まさか、また坑道に？」

「ううん。坑道では誰も見てないって」

ステラは腑に落ちない様子だった。

「そっか……。まあ、無事ならいいんだけどさ……」

「連中のことは、こちらも気にかけておこう。どうも不気味だったしな」

レオンもまた、スッキリしない顔をしている。

ミコトは特異な体質の持ち主だったようだし、遊馬の正体も見抜いていた。遊馬は彼が何者なのか、知りたくて仕方がなかったのだ。

だが、そんな気持ちを何とか振り切る。せっかく、帰還する手立てが見つかったのだから。

「ユマ、キミの星晶石を手に、その土台に立って」

装置に繋がれた土台を、ステラは指さす。その上部には、何かの発射口があった。

「物騒なたたずまいに見えるんだけど……」

遊馬は素直に従いながらも、発射口を凝視する。

「あっ、直視しない方がいいかも。そこから星晶石のエネルギーを放出するから」

「えっ⁉　それって、塵を吹き飛ばすエネルギー砲と同じやつでは……」

「それよりも激弱な威力よ。それに、ユマは星晶石の塵を吸っても大丈夫だし、万が一の時はこんがり焼けるだけ」

「それも嫌だよ⁉　っていうか、来る時はこんな物騒なものに撃たれなかったけど！」

「ほらほら、還りたかったら黙って待つ。こんがり焼かれるのは冗談よ。この装置内なら星晶石のエネルギーを隔離できるの。私たちには影響なく、ユマが体験した環境を再現できるってわけ」

「ああ、そういう……」

冗談だということに安心する遊馬であったが、やはり、まだ不安は残っていた。

また、とんでもないことになりませんように、と小瓶を握りしめる。

「よし。準備オッケー。行くわよ！」

ステラが最後のボタンを押す前に、遊馬はレオンの方を見やる。

レオンは、静かに遊馬のことを見つめていた。穏やかで、少し寂しげな眼差しは、修羅であった時からは想像が出来ないほどに澄んでいた。

「レオン……」

「じゃあな。出来ることなら、また」

再会を願う別れの言葉。

それを聞いた遊馬は、気付いた時には「うん」と頷いていた。

「また！」

遊馬が手を振るのと、発射口からあの独特な輝きの光が発せられるのは同時だった。

手にした小瓶の中の鉱物は激しく点滅し、遊馬の視界は白く染まっていく。

何か強い力に引っ張られるような感覚が、遊馬を襲った。

そんな中、遊馬は反射的に手を伸ばしてしまった。白い景色の中に消えゆくレオンへと。

「ユマ……！」

レオンの大きな手もまた、遊馬に向かって伸ばされる。

その指先が触れ合おうとしたその時、遊馬の目の前は真っ白になった。

気付いた時には、夜空の下に放り出されていた。

ひどく寒い。

遊馬はブレザーの上着をギュッと羽織り直した。いつの間にか、外で眠っていたらしい。

土と草のにおいが遊馬の鼻先を掠める。遊馬はハッとして、身体を起こした。

「ここ、東京の郊外だ……！」

遊馬がいたのは、研究所跡の茂みの中だった。ズキズキとする頭を押さえながら、スマートフォンで日時を確認する。

どうやら、遊馬が異世界へ転移してから、数時間しか経っていないらしい。すっかり夜になっていて、研究所の周りにいた人達も消えていた。瓦礫の山と化した研究所の惨状だけが、悪夢の残骸として聳えているだけだった。

夢でも見たのだろうか。

自分が体験したことを疑う遊馬であったが、右手には、レオンの力強い手の感触が残っていた。

スマートフォンには、何度も着信が入っていたらしい。不在着信の履歴が、キャリアメールからどっと押し寄せた。

「母さんか……」

息子が帰宅しないのを心配して、ずっと連絡を取ろうとしていたようだ。

遊馬は慌てて、メッセージアプリで「ごめん。今から帰る」と送った。本当は直接電話をした方がいいのかもしれないけれど、今はただ、気持ちを落ち着けたかった。

「熱っ……！」

手の中に、熱を感じる。

慌てて手を開くと、星晶石を収めた小瓶が地面に転がった。

「おっと……。父さんの、大事な石が……」

父はいなくなってしまったが、父が遺した星晶石が、父と自分を繋いでくれている気がしていた。だから、研究所に戻さずに、肌身離さず持っていようと思ったのだが――。

「えっ？」

チカチカと、二、三度点滅した気がした。目を瞬かせると、ふと、耳元に声が届く。

「君を迎えに行くから、それまで待ってて」

「ミコト⁉」

ミコトの声だ。とっさに振り返るが、そこには、誰もいなかった。

「気のせいか？　いや、それにしても……」

あまりにも鮮明に、耳に残っている。とても幻聴だとは思えない。

遊馬は小瓶を拾い上げ、制服のポケットにねじ込む。

「まだ、終わっていない」

そんな確信が、遊馬の胸に宿る。

空を見上げれば、満天の星が見えた。周囲の草むらからは、虫が奏でる音色が聞こえる。

夜風が遊馬の前髪を撫でて、虚空へと消えていく。

草木のさざめきは、新たな波乱の訪れを予見しているかのようであった。

初出
PROLOGUE　レオン・ザ・ダブルファング
EPISODE01　ユマ・イン・アナザーワールド
BOOK☆WALKER 文庫・ラノベ 読み放題
２０２１年8月～10月
EPISODE02　フォール・イン・マイン
EPISODE03　グッドバイ・マイ・フレンド
書きおろし

要塞都市アルカのキセキ

蒼月海里

令和3年 12月25日　初版発行

発行者●青柳昌行

発行●株式会社KADOKAWA
〒102-8177　東京都千代田区富士見2-13-3
電話　0570-002-301（ナビダイヤル）

角川文庫 22962

印刷所●株式会社暁印刷
製本所●本間製本株式会社

表紙画●和田三造

●お問い合わせ
https://www.kadokawa.co.jp/（「お問い合わせ」へお進みください）
※内容によっては、お答えできない場合があります。
※サポートは日本国内のみとさせていただきます。
※Japanese text only

ISBN 978-4-04-111881-8　C0193

◇◇◇